L'AGENCE PINKERTON

Du même auteur :

– « Les Survivants de Troie »
Tome 1 : *Le Prince sans couronne*
Tome 2 : *La Forteresse des oracles*

– « Odyssée »
Tome 1 : *La Malédiction des pierres noires*
Tome 2 : *Les Naufragés de Poséidon*
Tome 3 : *Le Sortilège des ombres*
Tome 4 : *La Guerre des dieux*

– « Terre Noire »
Tome 1 : *Les Éxilés du Tsar*
Tome 2 : *Le Bras de la vengeance*
Tome 3 : *Les Héritiers du secret*

– « Chasseur Noir »
Tome 1 : *Chasseur Noir*
Tome 2 : *Le Cérémonial des ombres*
Tome 3 : *L'Enchanteur de sable*

– « Hercule »
Tome 1 : *L'Héritier de la foudre*
Tome 2 : *La Sentence de Delphes*

– « L'Agence Pinkerton »
Tome 1 : *Le Châtiment des Hommes-Tonnerres*
Tome 2 : *Le Rituel de l'Ogre Rouge*

87, quai Panhard-et-Levassor – 75647 Paris Cedex 13
ISBN : 978-2-0812-6527-1

MICHEL HONAKER

L'AGENCE PINKERTON

3

LE COMPLOT DE LA DERNIÈRE AUBE

Flammarion

À Claude, mon père, docteur en western,
sans qui cette série, et cet épisode
en particulier, n'auraient pu voir le jour.

Sa science et son affection m'ont été
précieuses tout au long de l'écriture.

Et pas seulement.

AVERTISSEMENT

Contrairement à la formule de rigueur, nombre de personnages et de situations décrits dans ce roman doivent beaucoup à la réalité historique.

À la fin du tome précédent, Neil Galore a accompli une délicate mission que lui avait confiée l'Agence Pinkerton : mettre un terme au rituel de l'Ogre Rouge qui permettait au machiavélique docteur Larrymore de créer les membres quasi-immortels de la Brigade Pâle, les ennemis jurés des Pinks.

Mais son succès est de courte durée : Larrymore a réussi à s'échapper à bord de sa machine volante, et son acolyte, Angus Dulles, est dans la nature. La Brigade Pâle sévit toujours...

Pire encore : Neil Galore a perdu la trace de Cecil Wardrop, cet ancien membre de la Brigade qui pourrait être son père... Et alors que notre héros pensait avoir enfin retrouvé sa mère en la personne de Daisy Montel, une chanteuse de cabaret, elle nie avoir jamais eu d'enfant. Pourtant, il semble qu'elle connaisse « les frères Wardrop » de longue date. Cecil Wardrop a donc un frère ! Oui, un certain Montgomery. Voila quelqu'un qui pourrait aider le jeune Galore...

Il reste encore beaucoup de secrets à découvrir et certainement d'autres missions perilleuses. Mais les Pinkerton n'ont peur de rien : avec Calder Weyland, Elly Aymes, Armando Demayo et Gideon Cross, Neil Galore est déterminé à imposer l'ordre et la justice, et faire éclater la vérité.

1. WILD, WILD... NORTH[1] !

1. Le Nord (très) sauvage. Allusion au « wild, wild west » qui désignait les terres encore non civilisées au temps de la conquête de l'Ouest. Et à une série de télévision qui porte ce nom.

Colombie-Britannique, Canada
Mars 1871

Le blizzard dévala des hauteurs sans crier gare. En quelques instants, il répandit son haleine laiteuse parmi les sapins avec la vigueur d'une avalanche. En dépit de nos manteaux en peau de castor, nous nous retrouvâmes d'un coup fouettés et griffés par des houppelandes de minuscules cristaux de glace. Plus question de continuer. Il fallait rapidement trouver un refuge. Les chevaux que nous menions par la longe renâclèrent avec force et il fallut les convaincre de nous suivre à l'abri d'un rocher qui émergeait non loin de là. Comme s'il ne suffisait pas que la neige nous monte jusqu'à mi-cuisse et que ce maudit froid s'insinue jusqu'à la moelle de nos os...

Le décor de montagnes et de forêts s'effaça autour de nous et nous courbâmes l'échine face à ce déferlement imprévu. Le Wild ne se laissait pas si facilement explorer. *No, Sir.* Le Wild. Ce seul nom... C'est ainsi que les Canadiens désignaient leurs étendues infinies et majestueuses, cette alternance de forêts insondables et d'âpres massifs hantés par loups, ours, chats sauvages et je ne sais quelles espèces encore assez peu amicales pour l'homme. Sans parler des tribus indiennes adaptées depuis des siècles à cette existence rigoureuse, dont les sentiments à l'égard des Blancs étaient pour le moins ambigus. Terre d'hiver. Terre de souffrance. Le Wild. Il ne s'était pas passé un jour depuis le début de notre expédition sans que nous ne mesurions, mes quatre compagnons et moi, à quel point cette appellation n'était pas usurpée.

Front baissé, regard fixé devant lui, Armando Demayo restait imperturbable, peu impressionné par ce soulèvement brutal des éléments. Interrogeait-il encore la Femme Changeante, la Terre-Mère chère à son peuple, sur la direction à suivre ? Ou, plus simplement, laissait-il ses sens si développés sonder les environs ? Notre ami navajo ne raffolait pas de ce climat canadien, lui qui avait passé son enfance parmi les mesas[1] écrasées sous le soleil d'Arizona, mais sa capacité d'adaptation forçait l'admiration. Il paraissait toujours serein et détaché de la rudesse des événements.

Le blizzard pouvait durer une heure comme plusieurs jours. Que faire s'il se prolongeait ? Nous n'avions presque plus de vivres. Cet hiver n'en finissait pas. Emmitouflé de fourrures de la tête aux pieds – j'avais appris de mon expérience dans les monts Klamath qu'il n'était pas question de jouer les élégants dans la nature sauvage[2] – je fouillai les fontes de ma selle à la recherche de ma gourde et la tendis à Elly Aymes,

1. Plateau aride constitué par les restes d'une coulée volcanique.

2. Voir tome 2, *Le Rituel de l'Ogre Rouge*.

la seule fille de notre expédition. On n'en reste pas moins galant en toutes circonstances. Ma jeune collaboratrice me dévisagea comme au sortir d'un rêve.

— Pas... pas soif, grelotta-t-elle en se frappant les épaules de ses poings pour tenter de se réchauffer.

Elly... Elly... Je la trouvai délicieuse sous ce fatras de peaux dont elle s'était affublée, qui la faisait davantage ressembler à une ourse qu'à une humaine. On ne devinait d'elle sous la capuche que sa frimousse boudeuse, creusée par les privations. Les quelques mèches blondes qui dépassaient de son bonnet avaient gelé. Son nez avait la couleur d'un piment mexicain, et sa délicieuse petite bouche tremblait comme feuille d'érable à l'automne. Elle était plus accoutumée à l'ambiance surchauffée des saloons où notre artiste aimait à se produire qu'à ce désert de poudreuse !

— Il le faut, fillette, insista Calder Weyland derrière elle. Méfie-toi du froid. Il donne l'impression que tu n'as pas besoin de boire, et c'est une grave erreur.

Weyland, l'ancien éclaireur de l'armée, qui avait parcouru tant de pistes, tant de contrées au cours de sa longue carrière, était bien le seul dont elle écoutait les conseils, sans doute parce qu'il avait l'âge et l'autorité pour être entendu par cette frondeuse. Elle lampa donc deux gorgées d'eau et me rendit la gourde.

— Je v... vais mourir, ronchonna-t-elle. Je ne suis plus qu'un pain de glace.

— Je te rassure, glissai-je, c'était déjà le cas avant.

Elle aurait rougi de colère si son sang n'avait pas été gelé dans ses veines. La pique fit s'esclaffer Gideon Cross, qui ne perdait jamais une occasion de laisser son caractère jovial prendre le dessus, même dans les moments les plus pénibles. Il avait absolument tenu à nous accompagner dans notre traque – encore qu'il fût indiscutablement plus doué pour l'organisation d'un bureau que pour l'action sur le terrain. Mais c'était un charmant camarade, un élément modérateur, toujours bien disposé, ne rechignant jamais à l'effort. Au fil des jours, son bel enthousiasme pour l'aventure s'était effrité, mais jamais il ne s'était plaint, ou n'avait montré le moindre signe de renoncement. Telle était composée l'équipe dont j'avais la charge, moi, Neil Galore, engagé par l'Agence Pinkerton, et présentement chef de piste, pour mener la traque d'un singulier ennemi.

Je me décidai à troubler la méditation d'Armando.

— Tu es sûr que l'on est toujours sur ses traces ? m'informai-je.

D'abord il conserva son silence impassible, puis lâcha cette phrase sibylline :

— La fin est proche.

Calder Weyland l'entendit, et la réponse lui parut suffisamment suspecte pour qu'il prît part à notre conciliabule.

— La fin, Navajo ?

— Oui, la fin du voyage, visage pâle, se reprit Armando.

Notre vieux compagnon – quel âge avait-il réellement, je n'en fus jamais bien sûr – le sonda d'un air soupçonneux. Son expérience de coureur de pistes nous avait été des plus précieuses. Il savait flairer les chemins praticables mieux qu'un écureuil, choisir les meilleurs endroits pour camper et, par-dessus tout, trouver le moyen de nous pourvoir en gibier même quand il semblait que la nature nous refusât tout secours. Il formait avec Armando un tandem d'éclaireurs redoutables, auquel rien n'échappait.

— Tu as soif, Armando ? m'enquis-je.

— Non. J'ai déjà la bouche pleine de neige, ça me suffit.

— Tu continues de voir les traces ? questionna Gideon. Un oiseau ne retrouverait pas ses ailes dans cette purée de pois.

— Les traces sont dans le ciel, au-delà des nuages. Je les suis avec mon cœur, non avec mes yeux. Nous allons bientôt repartir. La tempête va se calmer.

— Repartir ? se plaignit Elly. Encore ? Et pourquoi pas s'arrêter ici ? Faire un feu ? Manger ?

— Parce qu'on a quitté le dernier camp il y a seulement six heures, indiqua Gideon, voilà pourquoi. Courage, Elly.

— Alors moi, mon avis ne compte pas ? s'indigna Elly. Vous formez quoi ? Un club de castors mâles ? On poursuit un courant d'air depuis des semaines dans ces montagnes, et moi je dis... je dis... que je me damnerais pour un steak !

Ah, Elly Aymes ! Aussi maigre qu'une tige, et cependant n'ayant toujours qu'une idée en tête, satisfaire son appétit d'ogre. L'amour est une chose étrange qui nous emplit d'une indulgence coupable pour les travers de l'être élu. Par charité, je sortis de mes fontes mon dernier morceau de pemmican, bien emballé dans son linge graisseux pour l'empêcher de geler et le lui tendis avec élégance.

— L'instrument de la damnation, proposai-je en l'agitant sous son nez.

— Non merci, déclina-t-elle avec dégoût, ça ne vaut pas pour cette saleté de viande séchée.

Je remballai mon présent, blessé par ses paroles sans concession. Telle était Elly. Une ravissante mégère. Il fallait l'accepter comme elle était. À ce moment, Weyland se retourna pour laisser son regard naviguer vers la hauteur et je vis ses yeux se plisser, et sa bouche mince s'arquer sous sa moustache en croc raidie par le frimas. Tout dans son attitude évoquait l'animal sauvage alerté par une présence incongrue. Et le fait qu'il soit vêtu d'un lourd manteau de peaux disparates, qu'il avait acheté dans un relais aux premiers froids, renforçait encore la ressemblance.

— Encore des loups ? s'informa Gideon qui avait également noté son comportement. Satanées bêtes...

Il ne cachait pas la peur que ces canidés lui inspiraient, bien que jusqu'ici ils ne se soient guère montrés menaçants. Ils rôdaient parfois dans notre sillage, jaugeaient notre vigilance, et puis s'éloignaient.

— Les loups sont le dernier de nos soucis, pèlerin, répliqua l'ancien convoyeur de diligences.

— Satané bon sang ! maugréa Elly. Marre des loups. Et marre de vous autres. On fait quoi ?

Dédaignant notre débat, Armando remonta en selle et remit son cheval au pas. Nous coupâmes court à notre échange et l'imitâmes sans tarder. Le blizzard venait de faiblir aussi soudainement qu'il s'était levé. Il fallait profiter de l'occasion. Nous nous faufilâmes en file indienne par une petite saignée qui courait sous la futaie. Je pressai mon cheval aux côtés du Navajo.

— J'espère que tu sais vraiment où tu vas. On crève d'épuisement.

— Un peu de patience, *hombre.* Ça en vaut la peine.

Je me tournai sur ma selle, pour évaluer la forme de nos compagnons. Gideon et Elly dodelinaient du chef. Weyland fermait la marche, sur le qui-vive, main posée sur la crosse de son fusil Winchester Yellowboy 1866 glissé dans le fourreau de selle. Son attitude ne laissait pas de m'inquiéter. J'aurais certainement tourné bride pour le questionner quand Armando, jusqu'ici si peu disert, décida de sortir de son mutisme :

— Tu dois me prendre pour un fou. Et les autres aussi, mais depuis que j'ai renoué le dialogue avec la Femme Changeante, elle m'a toujours montré la bonne direction. Rien de ce qui agite notre monde ne lui est inconnu. Le monstre des airs est tout près. Il a arrêté sa course.

— C'est déjà miraculeux qu'il ait réussi à parcourir autant de chemin depuis la Californie, vu l'état dans lequel il se trouvait.

— Quand nous l'aurons trouvé, Neil, promets-moi d'emmener Elly loin de cet endroit. Il n'est pas bon pour elle. Son destin est ailleurs.

Troublé par le ton inhabituellement grave et pénétré qu'il avait utilisé, je feignis le détachement :

— C'est ce froid qui te porte sur les nerfs, Navajo, lui lançai-je, provocateur. Tu es fait pour la poussière rouge des canyons, pas pour cette purée froide. Que veux-tu qu'il arrive à Elly ?

Ces deux-là avaient vécu une brève aventure l'année précédente, qui s'était soldée par une rupture dans les reproches et les bouderies. Je n'étais pas étonné qu'Armando ait conservé une certaine affection pour sa compagne de quelques semaines. Une certaine affection et probablement davantage. Je ravalai mes propres sentiments et promis solennellement.

— Il ne lui arrivera rien. J'y veillerai, tu sais comme elle est importante pour moi.

— Je sais.

Le sentier plongea sous nos pieds. En contrebas, la vallée émergea soudain des brumes et révéla un paysage d'une beauté à couper le souffle. Un immense lac gelé engoncé entre des parois de grès reflétait les dernières lueurs du jour. Cette vision paradisiaque, à laquelle aucun de nous n'eût rêvé encore une demi-heure plus tôt, m'emplit d'un tel sentiment d'admiration que j'en oubliais mon épuisement et ma faim. Autour de nous, des cascades pétrifiées ressemblaient à des rivières de diamant étincelant dans les derniers feux du jour. Le Wild savait aussi récompenser ceux qui le défiaient...

Nous débouchâmes enfin sur la rive du lac bordée de congères. Là, Armando tendit son bras droit devant lui en un geste singulier, presque rituel, désignant quelque chose au milieu de la glace, là-bas, à environ un kilomètre. Je cherchai fébrilement ma longue-vue, mais j'avais les doigts tellement gelés que je fus incapable de m'en saisir. Gideon Cross me tendit alors ses jumelles ; un large sourire éclairait sa figure violette.

— Cette fois, ça y est, annonça-t-il. On tient notre dragon.

2. L'AGONIE D'UN GÉANT

La machine volante. Elle se trouvait là, dans le viseur de ma longue-vue, à demi ensevelie par la glace, ses pales brisées, ses ailes dressées vers le ciel en une ultime supplique. Ce magnifique trésor d'ingéniosité humaine, malheureusement détourné à des fins criminelles. J'en aurais presque eu les larmes aux yeux. Mes compagnons se congratulèrent avec chaleur. Elly se prit à rire aux éclats. Après des semaines de traque, nous avions enfin atteint notre but. Même le taciturne Calder Weyland se permit un petit rire en grattant sa mauvaise barbe, et croisa ses bras sur le pommeau de sa selle avec l'expression du devoir accompli. Pour autant, il ne renonça pas à sa manie de nous confronter à la dure réalité.

— Ouaip, lâcha-t-il, mais c'est probablement une coquille vide, échouée là depuis des semaines. Le professeur Larrymore et sa clique n'ont pas dû s'éterniser.

— C'est possible, admis-je, mais j'ai l'intention de découvrir assez d'indices à bord pour en apprendre davantage sur la Brigade Pâle.

La Brigade Pâle... La seule évocation de cette sinistre secte effaça les sourires et doucha les débordements de joie. Au-delà de l'espoir d'arrêter l'abominable professeur et ses complices, c'était aussi dans ce but que nous avions tant sacrifié.

— Encore faut-il trouver le moyen d'aller là-bas et d'en revenir, soupira Elly.

— Il n'y en a qu'un, tranchai-je en tâtant la glace avec la pointe de ma botte.

— Si j'étais toi, je ne me risquerais pas là-dessus, me dissuada Gideon. Trop instable. Ça pourrait aussi bien se briser sous tes pieds comme du verre.

— Si vous avez une meilleure idée, les grognons, je suis preneur, m'agaçai-je.

Armando n'avait pas pris part à notre échange. Il avait glissé de sa selle pour s'approcher d'une sorte de tumulus qu'il débarrassa de la neige accumulée. Ce faisant, il révéla trois totems côte à côte plantés de guingois. Comment avait-il deviné leur présence, mystère... Jusqu'alors, nous n'avions rencontré aucune de ces représentations divines des Indiens locaux. Celles-ci devaient être anciennes à en juger par leurs peintures délavées, mais elles n'en étaient pas moins effrayantes avec leurs yeux exorbités et leurs bouches largement ouvertes. Bornes marquant un territoire, ou avertissement d'un danger à l'adresse du voyageur ? Nous les contemplâmes un long moment en nous posant la question.

Notre ami navajo leur adressa un salut dans sa langue, que j'imaginais empreint de respect et d'admiration, puis il s'éloigna sur la grève et creusa dans la neige avec ses mains. Nous nous interrogions sur son curieux comportement quand il mit au jour l'étrave d'une pirogue effilée, savamment recouverte d'une peau de caribou tendue. À la belle saison, elle devait probablement servir pour la pêche aux habitants des environs. Armando poussa l'esquif sur le lac gelé et tendit son index dans ma direction.

— Je monte. Tu pousses.

Brillante idée. Pour toute réponse, je me mis à marteler la couche de glace du talon... et elle ne tarda pas à se fendiller et à dévoiler un mince passage d'eau libre, quelques centimètres sous la surface.

— Nous montons, indiquai-je, et nous ramons.

— D'accord, admit-il. Pourquoi je discute ?

Je me rappelle qu'il me sourit, de ce sourire resplendissant de jeunesse et d'insouciance qui, trop rarement à mon avis, venait rompre son expression imperturbable. Il s'installa à bord, extirpa deux pagaies rangées sous les bancs et m'en tendit une. Elly, Gideon et le vieux Weyland ne parurent guère enchantés de nous voir entreprendre cette aventure. En particulier l'ancien éclaireur qui tenait sa Winchester entre ses bras à la manière indienne.

— Au moindre doute, vous revenez, nous conseilla-t-il en lorgnant les hauteurs. J'aime pas cet endroit. Moins encore quand un Peau-Rouge y plante des types en bois aussi laids.

— Et la nuit tombe, insista Gideon.

— On fait un feu, proposa Elly. Comme un phare. Vous nous verrez de loin.

— Pas de feu jusqu'à notre retour, précisai-je. Pas question d'alerter l'équipage s'il est encore à bord.

Mon ami navajo et moi poussâmes sur les pagaies et l'embarcation de pin se faufila merveilleusement dans le couloir d'eau sombre. La rive s'éloigna. Je réalisai que c'eût été pure folie que de se risquer à pied. L'approche du printemps avait fait son œuvre, en dépit des rudes conditions de ces derniers jours. La fonte n'était pas loin. Par endroits, la glace se reformait en couche épaisse, mais alors il nous suffisait de descendre et de pousser notre embarcation tel un simple traîneau. À mesure que nous approchions du but, je pouvais de mieux en mieux discerner les dommages subis par la machine volante happée par les mâchoires de la banquise. Proie par avance vaincue, vouée à l'abîme. Du majestueux engin à bord duquel j'avais été un temps prisonnier[1], ne subsistait qu'une épave aux gréements rompus, aux bords enfoncés, aux ailes déchiquetées, disparaissant sous une épaisse gangue de givre. Je n'avais pas oublié ce prodigieux vertige qui m'avait saisi lorsqu'il avait surmonté l'orage, rivalisant de vitesse avec les vents violents. Malgré toute la répulsion que m'inspirait cette invention magnifique vouée au seul crime, je ne pus m'empêcher d'avoir le cœur serré en la découvrant en pareil état.

Le couloir d'eau libre dont nous suivions le méandre vint à se fermer. Définitivement. Au centre du lac, la glace offrait encore une opposition irréductible qui ne céderait qu'aux beaux jours. Armando et moi nous consultâmes du regard.

— C'est moi qui continue, décidai-je.

— Prérogatives de la Branche Spéciale ?

— Prérogative du type qui va devoir faire un rapport à ses chefs.

— Ne traîne pas. Weyland a raison. Les totems ont raison. Mauvais endroit.

— Je n'en aurai pas pour longtemps. Je connais ce navire ailé.

— Et si quelqu'un s'y trouve encore ?

En guise de réponse, je montrai mon petit Derringer deux coups passés à ma ceinture, que j'avais savamment

1. Voir tome 2, *Le Rituel de l'Ogre Rouge.*

enveloppé dans un chiffon imprégné d'huile afin de le protéger du gel. Mon ami navajo donna son assentiment d'un signe peu convaincu du menton. Je m'aventurai prudemment hors du canot et j'eus l'impression de ressentir dans tout le corps le mouvement des milliers de tonnes de glace charriées par l'hiver sous mes semelles. Cette banquise était agitée en ses tréfonds par des forces rageuses invisibles. Pas question de confondre témérité et imprudence. À chaque pas, je testai la solidité du sol blanc que je redoutais de voir se fissurer sous mon poids, mais c'est sans encombre que je m'accrochai à l'échelle de coupée. À cet instant, des images passèrent devant mes yeux... Voilà que mes visions m'envahissaient à nouveau. Des éclairs brefs, violents. La panique. Le feu à bord. Des cris. Il avait suffi que je pose mes mains là où d'autres l'avaient fait avant moi pour que ces visions me submergent. Cela faisait longtemps que le phénomène ne s'était pas produit. Il me prit au dépourvu. Le moment était assez mal indiqué. Je fermai les yeux et me pinçai la base du nez avec l'espoir de l'interrompre.

Enfin le vide se fit.

Je me hissai à bord. Endommagé comme il l'avait été par la canonnade dans les monts Klamath[1], c'était déjà miracle que l'immense oiseau mécanique ait achevé sa course folle si loin de ses bases. Pourquoi ici, du reste ? Larrymore avait-il dérivé au hasard ou avait-il espéré trouver du secours dans cette contrée secrète ? Mieux, des complices ? Le pont incliné était désert. Par endroits, il avait explosé sous la pression de la tenaille glaciaire, si bien que je pus me faufiler par une fissure sans avoir à chercher l'écoutille. J'avais

1. *Ibid.*

parfaitement en mémoire la disposition des lieux. Je me dirigeai droit vers les appartements du commandant, et pour ce faire, je dus patauger dans une répugnante mélasse de glaçons et de détritus flottants qui noyait la coursive jusqu'à mi-cuisse.

Aucun signe de présence. La coque émettait des craquements sinistres. La lumière déclinante permettait tout juste de voir autour de moi. J'aurais voulu gratter une allumette, mais j'avais les doigts trop gelés pour seulement saisir ma boîte. La porte de la cabine de Larrymore oscillait telle une invite silencieuse. L'équipage avait-il seulement survécu à cet atterrissage en catastrophe ? Si oui, les hommes avaient-ils réussi à s'échapper des flancs de l'épave ? Et pour aller où, dans ce cauchemar blanc, ce « Wild » étreint par des températures avoisinant les moins vingt degrés...

Alors que je m'introduisais dans la pièce, j'eus l'impression brusque d'un danger imminent. Le temps de me retourner, et deux mains se refermèrent brutalement sur mes épaules, m'obligeant à ployer les genoux. Je n'eus pas le loisir de sortir mon Derringer. J'avais déjà la tête sous l'eau, et mon agresseur pesait de toutes ses forces pour m'y maintenir. Le premier instant de panique encaissé, je rassemblai mes forces et poussai sur mes jambes afin de me défaire de la prise. Je n'étais pas un gringalet, et j'avais appris à me défendre au cours de mon adolescence tumultueuse. Je parvins à saisir l'un des poignets qui m'étranglaient, et, abaissant mon bassin, je fis basculer mon assaillant par-dessus ma hanche. Ce fut son tour de prendre un bain forcé, mais il n'avait pas l'intention de s'avouer vaincu. De face cette fois, il tenta de m'étrangler, mais je déjouai son plan. J'imprimai une violente torsion à son bras gauche et l'obligeai à fléchir les genoux.

Il s'affaissa enfin en poussant un cri, puis recula sur son fessier dans la mare qu'était devenue la cabine, jusqu'à ce que la paroi l'empêche de se replier davantage. Il resta là à grelotter, exsangue et privé de forces. Son visage fantomatique mangé de mauvaise barbe m'apparut dans la pauvre lumière.

— Professeur Larrymore ? m'exclamai-je.

À peine s'il était reconnaissable, maigre, efflanqué, vêtu de loques putrides et un bonnet de marin râpé vissé sur le crâne. Son teint jaunâtre, son souffle caverneux indiquaient un état de santé à la dérive. Le professeur Excelsius Larrymore avait perdu sa morgue d'autrefois, même si des braises inquiétantes couvaient encore dans son regard sombre. Cet homme qui avait abusé de la crédulité publique en se faisant passer pour mort, qui s'était corrompu dans des rituels infâmes, et ne se souciait guère de menacer la vie d'autrui pour son idéal criminel, était devenu semblable à son vaisseau des airs : une épave. Il me dévisagea d'un air halluciné.

— Vous ? haleta-t-il. C'est vous ? Ici ? J'aurais dû vous tuer. Oui. Bien avant.

— Je vous arrête, Larrymore, en ma qualité d'agent Pinkerton.

— Oh ? Parfait, railla-t-il. Quelles sont les charges retenues contre moi, Votre Honneur ?

— Meurtre, complicité de meurtre, enlèvement, et par-dessus tout complot visant à la sécurité de la nation.

— Je maudis votre nation. Le Sud vaincra.

En dépit de l'inimitié qui nous opposait, je fus pris d'un sentiment de pitié à son égard et je m'agenouillai auprès de lui pour lui parler les yeux dans les yeux.

— Quand comprendrez-vous ? Le rêve de la Brigade Pâle ne se réalisera jamais. La guerre est terminée.

— Parce que vous imaginez avoir remporté la victoire, saleté de Yankee[1] ? Il ne suffit pas d'avoir mis un terme au rituel de l'Ogre Rouge, oh non. Vous êtes plus stupide que vous n'en avez l'air si vous pensez ça.

— Au moins, de nouvelles recrues ne vous rejoindront plus.

— Inutile ! s'enflamma le savant. Nous avons atteint notre but. Nous sommes déjà partout, et plus seulement sous les frusques de vulgaires hommes de main. Non. Nous occupons des postes dans les administrations, l'armée, la police... jusqu'à Washington ! Jusque dans les plus hautes sphères, dans l'entourage du président Grant en personne !

La flamme démoniaque qui habitait ce personnage dévasté par le froid et les privations était plus effrayante que ses propos eux-mêmes.

— L'Agence les démasquera un par un si nécessaire, assurai-je. Et vos supérieurs aussi. Aussi vrai que nous avons retrouvé votre trace.

— Seulement vous n'avez pas retrouvé votre père, petit, n'est-ce pas ? Vous n'avez pas mis la main sur Cecil Wardrop.

— Question de temps. Nous savons déjà que c'est son frère, Montgomery, qui l'a fait évader du fort d'Alcatraz avec votre complicité et celle de cette machine. C'est lui, le chef suprême de la Brigade Pâle ?

---

1. Surnom donné aux Américains des États du Nord, par opposition aux « confédérés », ceux du Sud, pendant la guerre de Sécession qui déchira les États-Unis de 1861 à 1865.

Pour toute réponse, les lèvres craquelées de Larrymore se fendirent d'un sourire de défi. Puis presque aussitôt, son regard dériva et une expression de peur et de détresse passa dans ses prunelles.

— Vous croyez réussir à me tirer d'ici, Galore ? Cela ne sera pas, mon jeune ami. Car vous ne sortirez pas vivant de cette épave. Mes hommes ont essayé. Ils ont tous péri. Et moi... Moi, je ne suis pas assez fou pour quitter cet endroit. Naitaka. C'est ainsi que les Indiens d'ici l'appellent. Le démon du lac. Il vous a laissé arriver jusqu'ici, mais il ne vous laissera pas repartir.

Sur le moment, je supposai qu'il délirait, que ces longues semaines de désarroi et de solitude avaient fini par avoir raison de son esprit.

— C'est un fâcheux hasard qui m'a fait atterrir dans cet endroit, poursuivit le savant. J'ai assisté à beaucoup de phénomènes surnaturels, dont l'Académie des sciences n'a jamais voulu entendre parler. Vous êtes bien placé pour le savoir. Ces crétins de scientifiques ! Mais ce lac... ce lac abrite quelque chose de bien plus effrayant encore !

— Larrymore, où sont réellement passés vos hommes ?

— Je vous l'ai dit. Ils ont tenté de rejoindre la terre ferme. Aucun n'est revenu.

Je n'avais aucune envie d'entendre son délire. Je tenais par-dessus tout à ce que nous revenions au sujet principal qui occupait mon esprit.

— Professeur, dites-moi ce que vous savez au sujet de la Brigade Pâle, de l'implication des frères Wardrop et je veillerai à ce que l'Agence passe un marché avec vous.

— Vous espérez sérieusement que j'accepterai de trahir mon camp ?

À ce moment précis, un coup sourd ébranla la coque en dessous de nous. Sur le moment, je songeai à un mouvement de la banquise, un caprice des courants souterrains qui agitaient les profondeurs de ce lac. Je refusai d'y prêter davantage attention, trop concentré sur l'espoir de tirer les vers du nez au criminel qui se tenait devant moi.

— Larrymore, acceptez de me fournir des indices, des noms...

Un nouveau choc se produisit.

— Vous entendez ? me prit à témoin l'entomologiste. C'est lui. Il nous fait savoir qu'il est là...

— Revenez à vous ! Parlez, sacré nom !

Larrymore me dévisagea comme s'il voulait sonder mon âme.

— Notre revanche est déjà en marche. Non seulement l'Agence Pinkerton sera réduite à néant, mais elle subira la pire humiliation de sa courte histoire à côté de laquelle l'assassinat du président Lincoln sera considéré comme une simple bavure. Vous ne savez pas ce qui vient. Vous ne savez pas...

— Si Allan Pinkerton se trouvait là en ce moment, trouvai-je à répondre, il vous dirait que le soir de l'assassinat de Lincoln au théâtre, l'agent en charge de sa sécurité avait été éconduit, et qu'il ne saurait être tenu pour responsable.

Le jour baissait vraiment, et je ne tenais pas à moisir une minute de plus dans le ventre de cette épave. Je voulus prendre Larrymore par les épaules et l'aider à se relever, mais il se dégagea vivement de mon étreinte.

— Pas question. Je veux mourir ici, à bord de ma merveilleuse machine.

— Ne soyez pas ridicule. Pas question de vous abandonner dans cet endroit.

— Je vais mourir de toute façon, augura Larrymore. Et vous aussi. Cela n'a plus aucune importance. La cause que je défends est désormais sur de bons rails. La Dernière Aube va poindre. Oh, c'est maintenant certain. Dans quelques mois, le Sud aura reconquis son pouvoir, sa puissance économique, et son indépendance. Il n'est pas seul dans son combat. Pas seul. Tenez.

Larrymore me tendit en tremblant une boîte en carton détrempé. À l'intérieur, je reconnus ce merveilleux papillon aux surprenants pouvoirs, dont les ailes se paraient de dessins uniques.

— Mon dernier *Anthocharis,* confia-t-il. Il est pour vous. Je tiens à ce qu'il me survive, et plus précisément entre vos mains. Ainsi, il vous rappellera le moment venu à quel point vous êtes fragiles, vulnérables, en regard de sa force, de sa longévité... maudits Pinkerton !

À ce moment, une secousse plus intense que les précédentes secoua l'épave si fortement qu'un glissement se produisit. La structure tout entière s'inclina dangereusement. Le papillon pris de panique s'envola. Larrymore me saisit par le col.

— Fuyez, pauvre idiot, pendant qu'il en est encore temps !

Je voulus insister, mais un tourbillon d'eau glacée s'engouffra dans la pièce. Irrémédiablement, le vaisseau volant s'enfonçait dans les profondeurs. Je dus songer alors à ma propre survie. Je rebroussai chemin, gravissant le toboggan qu'était devenue la coursive en me retenant à la rampe. Le papillon me montrait la voie. Comme lui, je finis par m'extraire des entrailles de l'épave. Sitôt à l'air libre, je sautai par-dessus le bastingage et me récupérai en roulant lourdement sur la glace. L'épaisseur des fourrures qui me boudinaient amortit ma chute. Je me redressai à temps pour voir la proue hideuse de l'engin se relever en un ultime défi avant de sombrer définitivement dans les remous.

Le papillon avait fui.

3. QUELQUE CHOSE AU FOND

La banquise s'était refermée, monstre repu, comme si rien ne s'était passé. Je sentis une poigne ferme me tirer en arrière. Ne tenant plus d'impatience, Armando avait abandonné la pirogue pour me prêter main-forte.

— Viens, Neil ! m'intima-t-il. Il ne faut pas rester.

— Larrymore était à l'intérieur. Seul. Il m'a dit que... quelque chose allait se passer. Il a parlé de... de la Dernière Aube. Je ne sais pas de quoi il s'agit.

Mon ami navajo me secoua rudement par le col pour faire cesser mon verbiage.

— Neil. Nous *devons* partir. Tout de suite.

Chose inhabituelle chez lui, je décelai une réelle urgence dans le ton de sa voix. Sans plus discuter, je le suivis jusqu'à la pirogue. Il faisait désormais nuit noire. La berge n'était plus qu'une ligne incertaine. Nous rebroussâmes chemin à grands coups de rames par le chenal qui se refermait progressivement sous l'effet de la baisse des températures. À mi-parcours, quelque chose vint nous heurter par le travers. Nous songeâmes d'abord à un glaçon immergé, puis un second choc survint. Indiscutablement, cet obstacle imprévu se déplaçait en dessous de nous. La même inquiétude brutale nous saisit et nous poussâmes de toutes nos forces sur les pagaies, peu enclins à nous attarder.

— Vite ! Du nerf ! ordonna Armando.

De la part d'un Navajo, pour lequel tourner le dos à un ennemi revient à se couvrir de déshonneur, sa hâte, sa panique, presque, me fit comprendre que la situation était grave. Avait-il observé un événement en mon absence, dont il n'avait pas voulu me parler ? Je n'eus guère le loisir de lui poser la question. Soudain, nous reçûmes un terrible coup de boutoir qui nous souleva à plusieurs mètres dans les airs. La pirogue éclata en mille morceaux et je retombai abasourdi dans l'eau froide. Pendant un court instant, un vacarme sourd emplit seul mes oreilles, ainsi que des cris étouffés. Mû par l'instinct de survie, je poussai sur mes talons et refis surface, à demi asphyxié. Mes doigts cherchèrent machinalement à se raccrocher à quelque chose de solide. Je ne trouvai qu'une plaque de glace sur laquelle je parvins à me rétablir difficilement. Je cherchai aussitôt mon compagnon du regard.

— Armando ! m'écriai-je. Armando !

Je ne vis rien. Aucune réponse. Que s'était-il passé ? Choqué, désorienté, je ne savais comment réagir. Courir, oui. Dans quelle direction ? L'obscurité recouvrait tout. Les paroles de Larrymore me revinrent en mémoire tel le battement d'un tocsin. Naitaka. C'était ce nom étrange qu'il avait prononcé, celui de cette créature imaginaire qui selon lui avait dévoré son équipage... J'avais cru à un conte. J'en étais désormais moins sûr. J'appelai de toutes mes forces mon ami indien, encore et encore, mais parmi les débris de notre pirogue déchiquetée, il ne subsistait aucune trace de lui. Un nouveau sentiment se fit jour en moi : le chagrin du deuil. Je dus pourtant ravaler mes larmes. Un choc sourd venait d'ébranler le maigre glaçon sur lequel j'avais trouvé refuge. En ce moment d'effroi, face à un adversaire invisible, je ne songeai plus qu'à sauver ma peau. Je me mis à courir. Droit devant moi, en sautant de plaque en plaque, chutant dans les trous, me relevant aussitôt.

Quelle distance me séparait encore du rivage ? Je n'en avais aucune idée. J'aperçus soudain une lumière s'élever sur ma gauche. Un feu, semblable à un phare. Une centaine de mètres m'en séparait, tout au plus. J'obliquai ma course folle. La banquise craqua derrière moi. Je ne voulus pas regarder. Depuis la berge, des coups de feu claquèrent. Weyland faisait feu avec sa Winchester, à une cadence très rapide, preuve que lui aussi avait aperçu le danger dans mon sillage. La glace finit par céder sous mon poids et une fois de plus, je me retrouvai à l'eau. Empêtré dans mes fourrures trempées, je brûlai mes dernières forces en une nage brouillonne et désespérée.

Soudain plusieurs bras me saisirent par le col et me tirèrent sur la rive. N'écoutant que leur courage, mes trois compagnons, Weyland, Gideon et Elly avaient pénétré dans l'eau jusqu'à la taille et, unissant leurs forces, m'avaient remonté au sec, hors de danger. Accroupi, je toussai et crachai sans discontinuer durant de longues minutes. Mon estomac brûlait. J'avais si froid que l'impression d'être étranger à mon propre corps me submergea. Le visage buriné de Calder Weyland pénétra dans mon champ de vision. Je le saisis par la nuque.

— Armando ! m'écriai-je. Il est resté là-bas ! Il faut aller le chercher.

Le vieil éclaireur fit un signe négatif de la tête. Je me redressai sur un coude. Le lac n'offrait plus qu'une apparence tranquille. La glace éventrée se refermait sur ses horribles secrets.

4. BIVOUAC

Enroulé nu sous les couvertures, si près du feu que les flammèches menaçaient d'en brûler la laine, je regardai fixement devant moi, incapable de chasser de ma mémoire les événements de la veille. Prudemment, mes amis avaient établi notre campement à l'écart de la rive, au pied d'un sapin au moins centenaire, dont la base épargnée par les congères offrait un abri encaissé. Du moins la chaleur qui régnait dans ce trou avait réchauffé mes membres. Dressé sur un rocher, non loin des trois totems, Weyland observait la surface gelée du lac, sa Winchester sur les genoux. Je grelottai sans discontinuer depuis que j'avais été extrait de l'eau glacée. J'avais la fièvre. Gideon posa sa main sur mon front, et sa mine contrariée ne me rassura pas.

— Plus vite on trouvera un vrai refuge, mieux ce sera pour toi.

— Tu es docteur ? grinçai-je.

— Non. J'ai fait du droit. Mon père, lui, est médecin. J'ai vu défiler quelques malades à la maison.

— Je me sens mal.

— Console-toi. Ç'aurait été pire si je ne t'avais pas retiré tes vêtements. Bois donc ça. C'est infect, mais c'est chaud.

Il approcha de mes lèvres une timbale de café brûlant, à laquelle je pus à peine puiser tant je tremblai.

— Il faut retourner sur le lac, m'entêtai-je. Je ne sais pas... Peut-être Armando a-t-il réussi à s'échapper dans une autre direction. Il faisait si noir. Peut-être qu'en ce moment, il nous cherche.

Gideon hocha tristement la tête.

— C'est ce que nous avons fait toute la journée d'hier pendant que tu dormais. J'ai peur qu'il n'y ait pas d'espoir pour notre ami navajo. S'il était en vie, c'est lui qui nous aurait retrouvés, et sans mal. Un pareil pisteur...

— Quoi, j'ai dormi un jour entier ?

— Pas loin.

J'achevai d'ingurgiter le café infâme, convaincu que chaque lampée m'éloignait d'une mort certaine, puis, ayant repris assez de forces pour parler à nouveau, je tins à témoigner de ce que j'avais vécu sur le lac.

— C'était un animal. En tout cas, quelque chose de vivant, et d'énorme. Larrymore m'en a parlé avant que la machine ne sombre. Naitaka. C'est comme ça qu'il l'a appelé. Naitaka...

Gideon regarda en direction de la berge en contrebas. Je m'étendis sur le dos, et les paroles s'échappèrent de mes lèvres comme dans un rêve.

— Maintenant que j'y repense... Non, c'est impossible. Maudit « Wild »... C'est comme si Armando avait pressenti ce qui allait arriver. Il parlait bizarrement ces derniers temps, et quand il a examiné les totems... C'était comme une sorte de rendez-vous auquel il s'attendait, et n'a pas voulu se dérober.

Ma souffrance d'avoir perdu mon ami gonflait mes veines et faisait battre mes tempes. Aucune parole n'aurait été assez forte pour l'exprimer. Et puis au bout d'un moment, une forme de calme, de lucidité froide qui m'étonna moi-même apaisa mes pensées.

— Où est Elly ?

— Elle doit encore chercher sur la rive, estima Gideon. Elle est restée longtemps auprès de toi à te veiller...

— Nous devons télégraphier à l'Agence dès que nous le pourrons, suggérai-je. La Brigade Pâle prépare quelque chose. Une offensive. Un complot, je ne sais pas.

— De quel genre ? s'enquit Weyland qui revenait de son poste de sentinelle.

— C'était décousu, me souvins-je. Peut-être Larrymore délirait-il... Il a parlé d'une Dernière Aube qui verrait l'avènement d'une ère nouvelle pour le Sud et réduirait l'Agence Pinkerton à néant. Il savait probablement où se trouvent les frères Wardrop, mais il n'a rien voulu me dire.

— Ouaip, émit Weyland, ce qui, dans son langage sibyllin, valait pour réserve.

— En définitive, nous avons perdu notre temps dans cette poursuite, conclut Elly en déposant une brassée de bois sec à côté du feu.

Elle s'essuya le front et prit place à nos côtés.

— Toutes ces semaines en pleine nature, pour rien, déplora-t-elle. Armando aura perdu la vie pour rien.

Son menton délicat posé sur ses genoux serrés, notre comparse fixa les maigres flammes du foyer. Une larme contenue trembla au bord de ses yeux. Elle nous avait si peu habitués à se laisser dominer par ses sentiments que son chagrin nous toucha. Je n'avais pas oublié qu'elle avait vécu quelques semaines avec Armando à San Francisco, avant que leur brouille ne les convainque tous deux qu'ils n'étaient probablement pas faits l'un pour l'autre. Gideon passa un bras consolateur autour de son épaule.

— Au moins le vaisseau des airs ne représente plus aucun danger, tenta-t-il de positiver. Il n'y a plus qu'à repartir.

Weyland hocha la tête, se frictionna les mains au-dessus du foyer, puis lança d'un ton désinvolte tout en fixant Elly d'un regard intense :

— Ce que les Indiens m'ont enseigné, c'est qu'en hiver, il n'est pas de meilleur réconfort que la chaleur humaine. C'est pourquoi aucun brave ne veut rester célibataire. C'est très mal vu.

Elly sentit le poids de l'attention que notre éclaireur lui portait.

— Quoi ? se raidit-elle. Qu'est-ce que vous me voulez ?

— La chaleur humaine, insista-t-il avec une mimique chargée de sous-entendus. Si tu consentais à dormir sous la même couverture que lui, cette nuit ?

— Non mais Weyland, vous me prenez pour une squaw ? s'insurgea notre jolie rebelle. Allez-y, vous ! Dormez donc avec lui, si vous tenez à partager de la chaleur humaine. Il est à poil, je vous signale !

— Oh, petite, s'esclaffa Weyland, à mon âge, je n'ai plus que la peau sur les os, je lui serais d'un faible secours. Deux êtres serrés l'un contre l'autre échangent simplement plus de chaleur que le meilleur des bois de chauffe. Je ne t'apprends rien. Tu as assez d'expérience.

— Assez d'expérience ? Ça veut dire quoi ?

Weyland se contenta de plisser les yeux ; son message était assez clair. Pas la peine de jouer les oies blanches avec lui. Il savait à quoi s'en tenir.

— Moi, je dis ça, enchaîna-t-il, c'est en tout bien tout honneur, et la preuve, c'est que je monterai la garde juste à côté. Encore que l'agent Galore soit un parfait gentleman. Il serait bien indélicat s'il pensait que tu n'agis pas dans le strict intérêt du groupe.

— Absolument, affirmai-je.

— Le vieux a raison, entérina Gideon. Plus vite Neil sera capable de remonter à cheval, plus vite on rentrera. J'en ai soupé du Wild.

Elly, cet ange de miséricorde, lui décocha un regard furibond, puis elle me dévisagea avec autant de tendresse que si j'étais un putois. Pour autant, consciente de ses responsabilités, elle se glissa à mon côté. Et dire que cette situation m'embarrassait eût été mentir. La fièvre me glaçait le corps, mais quand ses deux bras m'entourèrent, j'éprouvai une félicité comme j'en avais peu connu durant ma vie. Weyland fit comme il l'avait annoncé : sa Winchester en travers des genoux, il s'installa les jambes en tailleur à côté de nous, sentinelle irréprochable... sans dissimuler un petit sourire en coin sous sa moustache en croc. Je supposai qu'il désirait aussi apaiser le chagrin d'Elly, même contre sa volonté...

Était-ce la présence de ma collègue tout contre moi, les battements de son cœur que je pouvais ressentir dans tout mon être, je peinai à fermer l'œil. Au bout d'un moment, la voix de Gideon s'éleva dans le silence.

— Vous croyez qu'il y a un paradis pour les Indiens Navajos ? Je veux dire... S'ils meurent loin de leur désert natal ?

Aucun de nous n'avait de réponse à une telle question.

5. LES HUDSON

L'aube pointait à peine quand Weyland me secoua sans ménagement.

— Visiteurs, me souffla-t-il à l'oreille.

Il avait déjà alerté Elly et Gideon, lesquels se tenaient postés à plat ventre à la limite du talus qui nous protégeait des regards, armes en joue. Le temps pour moi d'attraper mes frusques qui avaient passé la nuit à sécher au-dessus du feu, et je les rejoignis en rampant, mon petit pistolet Derringer à la main – que Weyland considéra avec mépris.

— Ce n'est pas avec ton deux coups de saloon que tu vas nous être utile, me réprimanda-t-il en armant sa Winchester. Retourne à l'arrière. Crénom, ces gens de la ville !

Je lui aurais volontiers donné mon point de vue sur la question si à cet instant précis une détonation n'avait claqué, puis une autre, qui fit voler la neige autour de nous. Par chance, nichés comme nous l'étions dans le creux formé à la base du sapin, à l'abri des basses branches, nous étions parfaitement à l'abri et aucun de nous ne fut touché. Dans le même mouvement,

Weyland épaula sa Winchester, Gideon son gros fusil de chasse, Elly son Remington Pocket et ils firent à leur tour parler la poudre, semant la confusion parmi nos assaillants. Combien étaient-ils ? J'en dénombrai pour ma part trois, peut-être quatre... Apparemment, la démonstration les calma. Plus un seul tir ne retentit.

— Des Indiens ? s'interrogea Elly.

— Non, répondit Weyland avec le calme qu'il eût adopté dans un saloon confortable. Des Blancs. Les Indiens n'attendent pas l'aube pour attaquer. Ils voient dans le noir.

— Ce sont eux qui nous pistent depuis deux jours ? lançai-je.

Weyland se retourna dans ma direction.

— Ah, tu avais noté, pèlerin ?

— Je n'ai qu'à regarder la façon dont vous tirez sur votre moustache, mais si vous voulez mon avis, ce sont des Canadiens.

— Oh, sans blague ? me rabroua Elly. À quoi tu les reconnais ? À l'odeur ?

— À leurs fusils britanniques Martini-Henry, assurai-je. Vous entendez le claquement caractéristique du bloc basculant quand ils rechargent ? Modèles récents, trop chers pour des maraudeurs. Ce sont des réguliers qu'on a en face de nous.

— Tu les identifies à ce seul bruit ? douta Gideon.

— J'ai travaillé pour un marchand d'armes itinérant quand j'étais plus jeune. Il m'a appris à monter et démonter toutes sortes de pièces et aussi à reconnaître les marques uniquement à l'oreille. À mon avis, on devrait tenter l'approche pacifique.

Weyland tenait rarement mes avis pour profitables, estimant sans doute que j'avais trop d'inexpérience en pleine nature... ce qui était exact la plupart du temps.

Exceptionnellement pourtant, il releva sa carabine et m'adressa un signe du menton en guise d'acquiescement. Profitant d'un silence dans les échanges de coups de feu, j'interpellai le camp adverse :

— Eh, vous là-bas ! Agence Pinkerton ! On n'est pas ici pour avoir des ennuis.

Et pour faire bonne mesure, je jetai mon insigne de fer en direction de nos assaillants, que l'un d'eux récupéra parmi les fourrés.

— Crénom, ce sont de foutus Pinks ! entendit-on.

Il s'ensuivit des palabres entre ces inconnus, avant que l'un d'eux ne montre sa tête, un imposant barbu sous un chapeau tordu, qui levait un fusil... de marque Martini-Henry, dotation récente de l'armée britannique à leurs cousins d'Outre-Atlantique.

— Et nous, on est des Hudson ! clama-t-il. Sortez de votre trou qu'on vous voie !

— Des Hudson ? se formalisa Elly. C'est quoi ça, des Hudson ? Des voleurs, des Indiens ?

— Tu n'y es pas, la détrompa Gideon. Il s'agit des autorités canadiennes : la Compagnie de la baie d'Hudson. Tout leur appartient ici : terres, villages, tribus indiennes, tout. J'ai déjà eu affaire à eux. Ils sont de notre côté, tu n'as pas à t'en faire.

Sûr de lui, il se redressa, son fusil de chasse tenu à bout de bras, bien en vue.

— Agence Pinkerton ! répéta-t-il. À votre tour de vous montrer, les gars... Et pas d'imprudences !

Nous n'étions pas en mesure de dicter nos conditions, mais le culot en impose toujours. Les Hudson émergèrent du sous-bois, quatre individus barbus emmitouflés dans d'épais manteaux foncés. Difficile de les différencier des trappeurs ou des maraudeurs de tout poil qui couraient le « Wild ». Nous restâmes sur le qui-vive.

— Je suis le lieutenant Branston ! annonça leur chef. On n'a pas idée non plus de...

— Vous en avez de bonnes ! coupa Elly que le réveil en fanfare avait mise de fort mauvaise humeur. Qui tire sans sommation, ici ?

Elle s'avança crânement devant l'officier et montra son insigne de l'Agence avec son effronterie coutumière, sans se soucier des fusils encore pointés sur elle.

— Eh quoi, les gars, les défia-t-elle, vous allez tirer sur une fille sans défense ? Vous avez envie de finir au bout d'une corde ?

Branston se retourna vers ses adjoints avec un air gouailleur.

— Une fille, un vieillard, et deux blancs-becs ! Faut croire que l'Agence Pinkerton n'est pas ce qu'en racontent les gazettes. Qu'est-ce que vous fabriquez ici, les Pieds Tendres ? Vous avez passé la frontière, et aussi la limite de votre juridiction, vous savez ça ?

— On sait à peine où on se trouve, confessa Gideon.

— Eh bien je vais vous le dire, satanés Yankees, se cabra le Canadien. Vous êtes sur la rive sud du lac Okanagan, et ici, vos badges ne valent pas plus qu'un pet de lapin.

Weyland croisa les bras, sa Winchester en berceau, à l'indienne, pour marquer ainsi son désir d'apaisement, et prit la parole avec cette irrésistible bonhomie qu'il savait adopter pour amadouer son monde.

— Aussi longtemps que les arbres ne seront pas doués de parole, pèlerin, j'aurai du mal à distinguer un sapin américain d'un canadien. Et comme si ça ne suffisait pas, la neige est blanche des deux côtés.

Seulement ça ne justifie pas qu'on se fasse tirer dessus en guise de réveil, pas vrai ?

— On vous a pris pour des maraudeurs, admit le lieutenant. Les Indiens nous en ont signalés de pas commodes. Mais ils racontent tant de choses... Comme cette histoire au sujet d'un oiseau géant pris dans les glaces du lac. On vient vérifier, mais il s'agit probablement d'un de leurs contes à dormir debout. Désolé pour le réveil, m'sieurs dames, mais ici c'est le Wild. On tire d'abord, on négocie après.

— Oublions ça, transigea Weyland, on ne serait pas contre l'hospitalité d'un endroit chaud. On erre depuis des semaines dans le coin et on manque de vivres. Et le garçon, là (il me désignait comme si j'étais un enfant) il est mal en point. Il est tombé dans le lac.

— Ça peut se faire, annonça Branston tandis que nous réunissions nos chevaux. On rentrait de toute façon.

Nos nouveaux compagnons remontèrent en selle et nous les imitâmes. Ma fièvre avait baissé, mais j'éprouvais une immense lassitude. Après avoir abandonné les abords du lac Okanagan, il fallut encore parcourir des milles à l'intérieur de la forêt. Les Hudson connaissaient leur itinéraire, et même la neige immaculée qui recouvrait toute piste visible n'aurait su les tromper. Aux alentours de midi, nous débouchâmes au cœur d'un village bâti au centre d'une clairière consciencieusement éclaircie. Le drapeau de la Colombie-Britannique flottait en haut d'un mât. Rien à voir avec l'un de ces forts retranchés qui fleurissaient un peu partout chez nous dans les Grandes Plaines du Sud. Ce bourg n'était protégé par aucune palissade et rassemblait des baraques en rondin espacées par de larges passages dans lesquels prenaient place des enclos à cochons ou des poulaillers.

Quelques chariots et autres tentes contenant probablement des vivres s'adossaient à des silos de bois de chauffage. Je notai la présence de plusieurs boutiques, dont l'une réservée au troc et au négoce d'or.

— Comment s'appelle cet endroit ? demandai-je au lieutenant Branston.

Il me dévisagea avec un sourire madré.

— Le Trou à Rats, me répondit-il. Personne n'a pensé à le baptiser. À quoi ça rimerait ? On est seuls ici. Et si ça se trouve, dans six mois, on en construira un autre un peu plus loin. C'est pas la place qui manque.

Notre arrivée eut le don de susciter la curiosité de ces habitants peu communs, non seulement des hommes, vêtus de fourrures et de bonnets propres à affronter le climat rude, mais également des femmes et des enfants, auxquels se mêlaient bon nombre d'Indiens de tous âges. Étonnante proximité, qui n'était plus guère admise de l'autre côté de la frontière, où les conflits de plus en plus graves opposaient peuple blanc et peuple indigène...

Branston et les siens nous conduisirent devant un bâtiment plus imposant que les autres, orné d'une enseigne mal taillée dans du bois de sapin où s'inscrivait le mot « Cantine » en lettres hésitantes. Un triangle d'appel dansait sur le pas de la porte. En pénétrant dans ce lieu pour nous magique, après plusieurs jours sans avoir croisé d'endroit civilisé, notre premier soin fut de nous réchauffer autour du poêle allumé en permanence. Une brave femme tira des bières pour les Hudson et nous servit un plantureux déjeuner de haricots et de galettes, accompagnés de soupe. Ce ne fut qu'une fois nos estomacs rassasiés que nous répondîmes aux questions de Branston sur les raisons de notre présence dans les parages. Weyland parla en évitant de livrer trop de détails, se contentant d'indiquer que nous étions sur les traces de dangereux hors-la-loi dûment recherchés. Toutefois, il ne put s'empêcher d'évoquer les événements tragiques qui s'étaient produits sur le lac. Branston eut une réaction incrédule en l'écoutant.

— Une créature dans le lac ? Non, ne me dites pas que vous croyez à ces racontars ?

Jeff Branston se tourna vers ses hommes en ponctuant son hilarité par une claque sur son genou, lesquels levèrent leur pinte de bière en portant un toast :

— Au « Naitaka » !

— Écoutez, nous confia le chef des Hudson, c'est une fable inventée par les Indiens Salishs depuis des générations pour décourager les Blancs de venir s'installer sur leurs terres. Je regrette pour votre ami, sincèrement. Les glaces sont traîtresses à cette période de l'année, juste avant le dégel, et chacun sait qu'il ne faut pas s'y aventurer. Mais le « Naitaka » n'y est pour rien !

— Je ne sais pas ce que c'était, soupira Weyland. Je serais incapable de le décrire. Faisait nuit. Simplement, j'ai tiré dans sa direction une dizaine de calibres 44 x 40 propres à foudroyer un bison lancé au grand galop. Et ça ne lui a fait ni chaud ni froid.

Devant le sérieux de notre vieil éclaireur, Branston cessa de rire, s'essuya la barbe floconnée de mousse de bière, et leva les yeux au plafond.

— Ce fichu lac est dangereux. En fait, ce sont les rivières souterraines qui s'y déversent et repartent sous la montagne en formant des courants bizarres. Ce n'est pas la première fois qu'il y a des drames. Mais si vous voulez perdre du temps... Paraît que l'Agence Pinkerton possède une Branche Spéciale, formée d'enquêteurs aux pouvoirs surnaturels, spécialisés dans les faits inexpliqués... Devriez l'alerter.

Branston nous dévisagea tour à tour, afin de recevoir un écho à ce qu'il considérait comme une simple plaisanterie.

— Vous ne croyez pas si bien dire, s'enflamma Gideon Cross. Nous en sommes. Du moins notre compagnon, là. Il a un don.

J'aurais volontiers tordu le cou à ce bavard impénitent. Je m'étais rapproché du poêle, mes mains jointes sur le bol de soupe que je sirotais peu à peu, je préférai ne pas réagir. Le chef des Hudson se tourna vers moi.

— C'est vrai, ça ? Et de quel don il s'agit ?

— Eh bien..., hésita Gideon en comprenant soudain qu'il s'était trop avancé. En fait, il lit les pensées en touchant simplement des cartes à jouer... Ou des objets. Enfin... Pas tout le temps.

Le pauvre garçon s'empourpra à mesure qu'il comprenait dans quel bourbier il nous enfonçait.

— Ce sont des racontars, coupai-je. Il vous fait marcher.

Mieux valait endurer des moqueries plutôt qu'avouer l'existence réelle du département auquel j'appartenais. Et plus encore les véritables enjeux de notre enquête en territoire canadien. Branston hocha la tête, dubitatif, mais n'insista pas. Par la fenêtre, je contemplai la lisière de ce « Wild » sans fin, hérissé de sapins aux allures de sentinelle, auquel nous avions provisoirement échappé. Il existait bien des lieux où l'esprit rationnel des hommes ne s'était pas encore confronté à certains mystères.

— Vous avez le télégraphe ? m'informai-je.

— Non, désolé, regretta Branston. Nous avons du mal à planter des poteaux jusqu'ici. Et quand bien même, les fils gèlent. Ce poste n'est pas encore une vraie ville, même si la Compagnie y travaille. En revanche, nous avons des messagers salishs.

— Ces Indiens qui sont partout dans votre camp ? s'enquit Weyland.

— Ils sont de toute confiance. Nous partageons leur quotidien. Nous nous rendons service mutuellement. J'ai entendu dire qu'il y avait des troubles dans vos nouveaux États, mais ici, la situation est différente. Les Salishs sont amicaux. Une babiole et ils sont comblés.

Une moue furtive passa sur les lèvres de Weyland, signe qu'il ne partageait pas cette vision trop parfaite d'une colonisation en bonne et due forme et doutait de l'équité des échanges. Dans ces régions, la Compagnie de la baie d'Hudson avait racheté des territoires entiers en les monnayant contre de simples couvertures et de pauvres ustensiles de cuisine.

— Je dois transmettre un message à Chicago pour avertir que notre mission est arrivée à son terme, insistai-je. C'est important.

— Donnez-moi votre message. Un de mes Peaux-Rouges ira là où un télégraphe fonctionne encore et reviendra avec la réponse d'ici deux ou trois jours. En attendant, vous pouvez rester tant qu'il vous plaira. Une famille est partie la semaine dernière et la baraque est restée inoccupée. Vous pouvez vous y installer.

Nous n'eûmes pas le courage de refuser une hospitalité si bienvenue. Une heure plus tard, nous emménagions dans le refuge en question, une petite maison en rondins sise un peu à l'écart, proche de la lisière des sapins. Elle ne comportait qu'une seule pièce et quatre couchettes rudimentaires, mais après ce que nous avions vécu les semaines passées, elle nous fit l'impression d'un palais. Je rédigeai mon message et le portai au bureau de poste. Ce faisant, je traversai « Le Trou à Rats » sous les regards inquisiteurs des Indiens. L'élégance des Salishs furent pour moi une source d'émerveillement. Ils portaient des vêtements en peau rehaussés de broderies, certains des coiffures en plumes d'aigle ou de faucon d'un raffinement qui n'avait d'égal que celui des Sioux des Grandes Plaines. Je leur adressai un sourire, auquel ils répondirent timidement, preuve de leur bienveillance – et peut-être de leur naïveté – à l'égard de l'homme blanc. Dois-je l'avouer, je m'attardai plus encore sur leurs femmes, d'une beauté rarement rencontrée chez d'autres peuplades. Elles vaquaient à toutes sortes de travaux avec une allure distinguée qui eût été objet d'admiration dans n'importe quelle grande ville.

Au bureau de poste, un préposé au visage rondelet, lorgnons sur le nez, déchiffra à voix haute mon télégramme.

« Oiseau Magnifique définitivement envolé. Grand Papillon aussi. Agent Demayo décédé. Attendons instructions. À Leonard Price, Agence Pinkerton, Chicago. »

Sachant que ce message pouvait aisément être lu par des yeux non autorisés, je ne désirais pas donner plus de précisions. Le préposé s'empressa de donner le câble à l'un des Indiens désœuvrés qui patientaient sur le pas-de-porte. Ce dernier chaussa une paire de raquettes de marche et se mit aussitôt en route. À mon retour à la cabane, je vis que chacun s'efforçait de tuer le temps.

Calder Weyland nettoyait nos armes avec un soin minutieux, démontant et lubrifiant les mécanismes avec de la bonne graisse ; Gideon Cross était absorbé par une carte d'état-major de la région dont il étudiait le relief, exercice d'orientation dont il raffolait positivement. Seule Elly manquait à l'appel.

— Où est l'agent Aymes ? demandai-je en adoptant un ton officiel.

Gideon esquissa un signe distrait en direction des arbres proches.

— Quoi ? Elle a quitté le camp ? m'inquiétai-je. Et ça ne te chagrine pas plus que ça.

— Neil, c'est une grande fille. Elle n'a pas besoin d'être chaperonnée. C'était comment la nuit dernière, sous la couverture ?

Et voilà mes deux comparses riant sous cape à mes dépens. Je décidai de partir à la recherche de notre collègue. Je la trouvai à la lisière de la forêt, tête nue dans le vent frisquet, ses cheveux clairs épars sur son col en fourrure de castor. Tout en chiffonnant des brindilles entre ses doigts, elle paraissait sonder du regard les profondeurs de la forêt. Je me crus autorisé à le lui reprocher.

— Tu ne devrais pas t'éloigner sans nous alerter. On ne sait jamais.

— Je suis de taille à me défendre. Tu n'as pas à t'inquiéter.

Au fond, je ne savais comment l'aborder, ni quoi lui dire de sensé.

— Tu t'es toujours demandé pour quelle raison Pinkerton t'avait engagée ? Quel don il avait deviné en toi, que tu ignorais... J'ai la réponse. Tu as des pouvoirs de guérisseuse. Je n'ai plus de fièvre.

Elle me considéra d'un air mi-figue, mi-raisin.

— Ne te fais aucune illusion. C'était un cas de force majeure. Plus question de partager une couverture avec toi.

— J'ai expédié un message à Price, éludai-je. Du moins, un Indien s'en est chargé. Dès que j'aurai la réponse, nous partirons.

— Partir ? Pas question. Je veux rester ici et découvrir ce qu'il y a dans ce fichu lac. Ce qui a pris Armando. Nous sommes quatre à l'avoir vu. Ce n'était pas une hallucination collective.

— Je n'en suis plus si sûr. Peut-être un ours.

— Un ours ? De cette taille ?

— Il faisait noir, Elly.

— En tout cas, ne compte pas sur moi pour rebrousser chemin sans avoir élucidé cette affaire.

Elle serrait son poing de rage tout en parlant. Je ne pensais pas qu'elle ait pu concevoir des sentiments si profonds pour notre ami indien, tant ils avaient passé de temps à se chamailler. Mais le deuil a ceci de commun qu'il lève le voile des apparences pour révéler la vérité profonde. J'ai compris à cet instant qu'Elly avait réellement aimé Armando, du moins pendant un temps, et qu'ils avaient peut-être vécu quelques semaines de bonheur ensemble, à San Francisco, pendant leur brève liaison. Cela m'affecta, bien sûr, mais j'éprouvai en même temps une sincère compassion pour elle.

— Dis-moi qu'on restera ici pour traquer cette bête, me fit-elle promettre.

— Pas si l'Agence décide du contraire, Elly. Nous sommes déjà sur une enquête. Nous recherchons tout indice pouvant nous mener aux frères Wardrop. Larrymore n'était qu'un comparse. Un illuminé qu'ils ont utilisé tant qu'il leur a été utile avec sa connaissance des papillons et des machines volantes. Nous avons à faire, et pour commencer, apprendre quel complot prépare la Brigade Pâle. C'est la priorité des priorités.

— Ce que tu peux être borné par moments ! Tu parles comme si l'Agence était ta famille et le vieux Pinkerton ton père ! Il ne l'est pas. Tu sais qu'il ne l'est pas.

Elle laissa flotter un silence lourd de sous-entendus, ce qui ne m'ébranla pas.

— Quand bien même Cecil Wardrop serait mon père, ce dont je ne suis pas sûr, tant s'en faut, cela ne change rien à ma mission. Quelle que soit la chose qui a emporté Armando dans le lac, les véritables coupables sont ailleurs. Si nous ne les trouvons pas, toute cette traque, ces privations, ce froid, cette mort absurde, n'auront servi à rien.

Elly n'était pas d'humeur à en entendre davantage, et rompant notre face-à-face, elle me bouscula presque pour reprendre le chemin du camp. Je l'attrapai au vol par le bras, en serrant suffisamment fort pour qu'elle prenne au sérieux ce que j'avais à lui dire.

— L'une des dernières choses qu'Armando m'ait dite avant qu'on aille sur le lac, révélai-je, c'est celle-ci : « Quoi qu'il arrive, promets-moi d'emmener Elly loin d'ici. » Et j'ai promis. On ne s'attardera pas plus que nécessaire.

Elly baissa ses yeux embués de larmes, puis elle se dégagea de mon étreinte et retourna sur ses pas. J'aurais été incapable de dire si mes paroles l'avaient touchée, ou si j'avais définitivement scellé la rupture de notre amitié.

6. LE PREMIER VALET DE PIQUE

Plusieurs jours s'écoulèrent d'une vie oisive au poste, dans l'attente du retour du messager salish, porteur, je l'espérais, d'une réponse de l'Agence. Un épais brouillard nous coupa du monde, engloutissant monts et forêts. L'attente commençait à peser singulièrement sur notre humeur. Les Hudson nous traitaient avec courtoisie, mais sans jamais se départir d'une certaine méfiance à notre égard. Plus curieux, les Indiens nous approchaient volontiers dans l'espoir de nous entraîner dans une partie de troc. Du moins les palabres pour acheter des pipes sculptées et autres babioles brisaient la monotonie des longues heures froides.

Un matin que je m'éveillais plus tard qu'à l'accoutumée, je ressentis dans tout mon être un changement dans l'air ambiant. Le ciel s'était enfin éclairci. Un frisson inhabituel parcourait la forêt. Des rigoles commençaient à ruisseler dans le camp. Les sapins paraissaient s'ébrouer sous leurs barbes de frimas. De petits animaux firent leur apparition pour la première fois, écureuils, lapins, preuve s'il en était que la saison du dégel était enfin là. C'est peu dire que je m'empressai de sortir de la cabane en passant mes bretelles afin de savourer cette douceur bienfaisante. Elly s'était éclipsée. Weyland était probablement parti en exploration aux premières heures de l'aube – ainsi qu'il en avait pris l'habitude. Il n'était pas le genre d'homme à rester enfermé. À proximité du tas de bois, Gideon Cross s'adonnait à ses exercices de gymnastique quotidiens. Bras tendus, tête droite, il fléchissait régulièrement les jambes et se redressait tel un ressort. Ensuite, mains sur les hanches, il inclinait son buste d'avant en arrière avec la souplesse d'une ballerine. Je vivais à ses côtés depuis assez longtemps pour savoir que ses épaules étroites, ses bras minces et son allure générale de gringalet dissimulaient une vitalité hors du commun. Il avait ses marottes, comme ce rituel auquel il s'adonnait au réveil. Il m'aperçut du coin de l'œil, et sans interrompre ses flexions et ses extensions, me salua d'un :

— Tu as fait de beaux rêves, Neil ?

— Toujours le même. Je suis déguisé en être humain. Propre, rasé de frais, et vêtu d'autre chose que de peaux de bêtes.

— Ton goût pour l'élégance te perdra.

— Je parie qu'on aura du neuf aujourd'hui, pressentis-je.

— Tu dis ça chaque matin.

Gideon cessa ses exercices et s'essuya le visage avec une serviette.

— Il y avait du remue-ménage, ce matin. Branston est parti en expédition avec ses gars. Un problème avec des maraudeurs, apparemment.

— Ça ne doit pas manquer dans le coin. Où se trouve Elly ?

— Tu te rends compte évidemment que tu poses cette question dix fois par jour. N'importe qui te dirait que c'est suspect... Ce ne sont pas mes affaires, mais il y a quelque chose entre elle et toi ?

— Sûr. Un fossé aussi large que le Grand Canyon.

— Pourtant, j'aurais cru.

— Je m'inquiète simplement pour elle. Elle quitte souvent le baraquement sans prévenir.

— Il ne t'est pas venu à l'idée que la présence de trois hommes des cavernes comme nous la mettait mal à l'aise, et qu'elle avait besoin d'intimité ? C'est une fille, même si elle fait tout pour qu'on l'oublie. Je crois qu'elle a eu son compte de nature sauvage. Ici, c'est pire que le désert. Car dans le désert au moins il fait chaud !

— Elle n'est pas la seule, confessai-je. Il n'y a que Weyland pour s'accommoder de cette vie. La ville ne te manque pas, à toi ?

— Si. Je rêve chaque nuit à des montagnes de paperasses entassées sur mon petit bureau. Je n'aurais jamais cru en arriver là. Je me demande si on ne s'est pas enfoncés dans une impasse. Cette traque ne nous a menés à rien, et en tout cas pas aux frères Wardrop.

— Je ne sais pas, Gideon. Ce serait à refaire, avoue que nous agirions de la même façon. La Brigade Pâle laisse peu d'indices derrière elle. Ses chefs moins encore. Alors une piste, même ténue, doit être explorée.

— Je ne pense pas que Cecil Wardrop soit en état de diriger quoi que ce soit. Tu l'as dit toi-même, il n'était plus qu'un dément lorsque vous l'avez interrogé Elly et toi au fort d'Alcatraz[1]. Il était incapable d'aligner deux pensées cohérentes à la suite.

— Et pourtant, il tient un rôle bien particulier pour que ses complices aient déployé tant de moyens pour

1. Voir tome 2, *Le Rituel de l'Ogre Rouge*.

le faire évader. Peut-être pas une importance stratégique, mais disons, affective... C'est pourquoi je soupçonne son frère Montgomery d'avoir tout organisé.

— On sait peu de chose sur lui, sinon que c'était une canaille qui ne valait pas mieux que son cadet dans le temps. Et personne ne sait où il se trouve.

— Il aura changé d'identité, sinon l'Agence lui aurait déjà mis la main dessus. Leonard Price n'est pas directeur de la Branche Spéciale pour rien.

— Quelqu'un sait forcément quelque chose. On finira par connaître le fin mot de l'histoire.

— Pour ça, il faudrait retourner à San Francisco. Si seulement on avait une réponse...

Je parcourus des yeux les baraquements du poste, les allées et venues habituelles des hommes, les volailles qui se dandinaient dans les passages. Un jour peut-être, une véritable ville naîtrait ici, qui se souviendrait avec nostalgie et respect de ce temps primitif où tout restait à délimiter et bâtir. Une odeur agréable de café flottait dans l'air. Et aussi le son d'une voix harmonieuse se balançant sur les arpèges d'un banjo mélancolique. Elly... Elle chantait un vieux refrain, « Silver Dollar », l'histoire d'une pièce qui passe de main en main et cause le malheur de chacun, et imprégnait chaque mot d'une mélancolie touchante. Elly se révélait mieux dans ses chansons que dans sa vie de tous les jours. Elle devait avoir la nostalgie de la scène, des acclamations, et de la lumière des bougies qui la mettait en valeur. Un cercle d'auditeurs s'était formé autour d'elle. On l'écoutait avec une mine grave et admirative à la fois. La chanson prit fin. Elly remercia le vieux Canadien qui l'avait accompagnée avec son instrument, et, me voyant, quitta le tonneau sur lequel elle s'était assise pour venir à ma rencontre. Je remarquai qu'elle avait noué ses cheveux avec un ruban noir, coiffure très inhabituelle chez elle. Était-ce un signe de deuil ? Je ne la questionnai pas. Autant prendre un air détaché.

— Je ne sais pas pour toi, m'interpella-t-elle, mais cette odeur de café est vraiment irrésistible. On y va ?

La chanson l'avait mise de bonne humeur, du moins je le supposai. Je proposai mon bras. Après une hésitation, elle consentit à passer le sien dessous. Notre entrée à la cantine ne passa pas inaperçue. On siffla joyeusement ma compagne, qui rendit des sourires à la ronde. De retour d'excursion, Weyland était attablé en compagnie de Branston et de deux autres Hudson dont nous avions fait plus ample connaissance depuis notre arrivée. L'ambiance était au café brûlant, aux beignets dorés, et aux conversations à bâtons rompus, que notre apparition n'entama pas. Elly se sépara de son manteau et apparut en pantalon serré de cavalière et épaisse chemise canadienne rouge. Là, les consommateurs observèrent un silence dévot et ce fut à celui de ces messieurs qui lui tirerait une chaise pour l'inviter à se joindre à leur tablée. Déclinant les offres, elle se glissa contre Calder Weyland, posa sa joue sur son épaule, ce qui ne manqua pas de faire s'étouffer le coureur des bois.

— Oh là, petite, ne me joue pas des tours pareils. À mon âge, le cœur est fragile.

— Tu as une mine superbe, Elly, complimenta Gideon qui venait de nous rejoindre. Sans parler de l'élégance.

— Les femmes m'ont offert des vêtements, mais la chemise est le présent d'un jeune Indien Salish qui espère m'emmener avec lui pour la chasse du printemps.

Et elle n'en dit pas davantage car tant de sollicitude et d'attention avait probablement ouvert son insatiable appétit. Elle se mit à engloutir petits pains et beignets avec la régularité d'un fourneau. Branston profita du silence curieux pour renouer le fil de la conversation interrompue avec notre vieil éclaireur.

— Encore ces maudits maraudeurs ! Cette fois, ils ont mis le feu à la cabane d'un fermier. Par chance, celui-ci était à la chasse. Je ne comprends pas ces types. Ils ne volent rien. Ils se contentent d'apparaître et de disparaître, comme s'ils voulaient simplement qu'on sache qu'ils sont là. Ils font peur, même aux Indiens !

— Ouaip, je sais, confirma Weyland. J'ai repéré leurs traces autour du lac. Ils tournent en rond et se déplacent vite. Ils ne font pas de campement. Ils ne chassent pas. Ils ne dorment pas.

Distrait et plutôt occupé à caler le dernier beignet dans ma bouche, je fus subitement privé d'appétit par la teneur de la discussion. La description de ces lascars et le ton entendu de Weyland venaient de glisser en moi un détestable soupçon. Branston n'était pas né de la dernière pluie. Il lut l'embarras sur nos visages.

— Cela a un rapport avec votre présence ici, les Pinkerton ?

— Faut pas me demander ça à moi, pèlerin, se dédouana Weyland, je ne suis que l'éclaireur. Le chef de troupe, c'est l'agent Galore ici présent.

Sous le poids du regard de Branston, je m'efforçai à une attitude digne et responsable. Inutile de mentir, mais peut-être était-il préférable d'omettre des détails. Des détails de nature sinistre...

— On est après cette bande depuis un certain temps, confirmai-je. Des renégats sudistes qui ont mal tourné après la guerre et sont devenus des pilleurs, des incendiaires. Ils se font appeler la Brigade Pâle. Ne les approchez pas.

— Si ces types se trouvent dans ma ligne de mire, assura Branston, qu'ils ne comptent pas sur notre clémence. Je suis chargé de maintenir la paix ici, et l'ordre. Et tenez, regardez ce qu'ils laissent après leur passage, bien en vue...

Il sortit de sa poche une carte à jouer, un valet de pique noirci par la cendre, qu'il glissa avec intention sous mon nez. Apparemment, la réflexion de Gideon au sujet de mes « talents », le jour de notre arrivée, n'avait jamais quitté son esprit.

— Je sais que la Branche Spéciale n'existe pas, insista-t-il, mais si par hasard, vous, l'ancien joueur de poker, vous pouviez m'en dire plus... Car enfin, ça ressemble drôlement à une signature. Ou un message.

Je pris délicatement la carte entre mes doigts. Ma « vision » allait-elle opérer ? Ces images subites qui depuis mon enfance déchiraient mon esprit de temps à autre, à l'improviste, lorsque je touchais certains objets... en particulier des cartes. Ce phénomène, que je ne contrôlais aucunement, m'avait permis de survivre durant mes jeunes années, et de pallier l'absence de mes parents. Quoi de plus envoûtant que de percevoir les pensées de l'adversaire au jeu, de voir ce qu'il voyait ou les stratégies qui occupaient son esprit... Et de remporter la mise ?

Il se passa un instant sans que rien, vraiment rien, ne survienne, et puis...

Et puis je les vis.

Des arbres. Une maison en feu dans la nuit. Des cavaliers vêtus de cache-poussière délavés, leurs visages blêmes et barbus qui ne reflétaient aucune expression, seulement la lumière de l'incendie... Cette dernière image me glaça.

— Vous allez bien, Galore ? m'interrogea Branston. Vous êtes pâle, tout à coup...

Je préférai lui rendre la carte. Elle éveillait en moi trop de sensations négatives.

— Je ne sais pas. Quels qu'ils soient, ne vous exposez pas, lieutenant.

Le chef des Hudson hocha la tête.

— Bien sûr. Je suis bête. À force de vivre dans la nature, on finit par croire à des choses invraisemblables. Un grand oiseau pris dans les glaces, un monstre sous les eaux du lac... Et un Pinkerton capable de voyance. À propos, votre réponse est arrivée tôt à l'aube.

Il me tendit un papier proprement plié, où l'écriture hâtive d'un télégraphiste avait griffonné une simple phrase :

« Rentrez à San Francisco et attendez les ordres. »

On ne pouvait faire plus direct. Ni plus sec. Désappointé, je mis le message dans ma poche.

— Retour à la case départ, commenta Gideon avec un soupir.

— Quand comptez-vous vous remettre en route ? demanda Branston.

— Dès que ces pèlerins cesseront de se goinfrer, suggéra Weyland, afin de profiter de cette belle journée de dégel. Nos chevaux sont prêts et sellés.

Visiblement, la teneur du message lui était connue avant notre arrivée. Il nous prit de court en se levant. Il donna une poignée de main pleine de gratitude à Branston et aux autres.

— Merci pour votre hospitalité. Si je peux me permettre un conseil, vous devriez trouver un uniforme bien visible afin qu'on vous voie de loin. Ainsi, pas de malentendu.

— Nous y songeons. Il sera rouge pour éviter toute confusion avec les vareuses bleues de vous autres Yankees.

Sur ces paroles, le chef des Hudson s'esclaffa et lui donna une bourrade sur l'épaule.

7. TRACES DE PASSAGE

— À présent, me sonda Gideon une fois que nous fûmes dehors, à l'écart des oreilles indiscrètes, tu peux me dire ce que tu as ressenti en touchant cette carte ?

— La Brigade Pâle est dans les parages... annonçai-je d'un ton grave.

— Le même genre de crapules que nous avons dégommées à San Francisco ? Les types à la montre cassée ?

— Galore ne se trompe jamais quand il reçoit ce genre de message, attesta Elly. Il ne reste plus qu'à vérifier nos armes et faire le compte de nos balles Minier, qui peuvent seules en venir à bout.

— Que font-ils dans les parages ? s'interrogea Gideon.

— Demande à Weyland. Cela fait belle lurette qu'il les a repérés dans notre sillage, et ça, bien avant qu'on arrive au Trou à Rats.

— Vous auriez pu nous en parler, non ? le sermonna Elly.

— Cela aurait servi à quoi ? se défendit le vieux pisteur. Ils sont comme des spectres, et ne se montrent que s'ils le veulent bien. Ils nous ont probablement utilisés pour découvrir l'endroit où s'était échoué le vaisseau des airs. Soit dans l'espoir de secourir Larrymore, soit dans l'intention de faire disparaître toute trace de son existence. Si on a échoué dans la mission, eux aussi peut-être.

Nos chevaux attendaient sellés à l'écurie. Le temps de les enfourcher, et nous quittâmes cet écrin de civilisation, avec la nostalgie d'un marin qui repart en mer sans trop savoir s'il reverra un autre port avant longtemps. La forêt se referma sur nous. Et son silence. Nous retournâmes sur la berge du lac Okanagan où étaient plantés les totems et leur seule vue nous rappela notre deuil. Nous avions perdu l'un des nôtres, et la même tristesse, la même amertume roulèrent dans nos cœurs pendant que nous nous recueillions. Puis Weyland talonna sa monture, comme s'il ne voulait pas s'attarder, que la vie devait continuer coûte que coûte. Et la mission.

— On fait de fameuses canailles, se rebella Elly. Je ne suis pas d'accord. On devrait rester ici et découvrir ce qui s'est réellement passé. Quoi ? Ça vous laisse de glace de savoir que l'un des nôtres y est resté ?

Weyland l'avait entendue. Il se retourna sur sa selle et désigna d'un geste ample l'étendue immaculée et indéchiffrable.

— Ce qui s'est passé est passé, fillette. Tu peux rester ici tout le printemps, à attendre que la glace fonde, sans que ce qui habite là-dessous refasse surface. Peut-être même qu'il ne reparaîtra pas avant des années, à présent qu'il a satisfait son appétit. Certains serpents sont comme ça. Ils avalent une souris et dorment les six mois suivants.

J'avais beau m'être accoutumé à ses manières rudes depuis le temps que nous chevauchions côte à côte, je trouvai sa comparaison assez malvenue, et je me glissai sur son flanc pour lui en faire reproche. Il souleva alors son galurin piqué d'une plume d'aigle, et fit mine de considérer le ciel dégagé.

— Sûr, admit-il, j'y suis allé un peu fort, mais j'ai eu ce que je voulais. Elle nous suit, pas vrai ? Tu avais envie de la laisser seule ici, pèlerin, avec ce qui rôde dans le coin ? Moi pas.

— Vous l'auriez fait sans hésiter si elle ne vous avait pas laissé le choix.

— Tu l'as dit, pèlerin : si elle ne m'avait pas laissé le choix.

Il était midi. Nous prîmes le chemin du sud, de la frontière et du retour au pays. Il s'écoula une demi-heure avant qu'une désagréable odeur de brûlé ne vînt chatouiller nos narines. Nous fûmes tous saisis par le même pressentiment. Suivant son intuition, Weyland pressa sa monture dans une trouée parmi les sapins et nous lui emboîtâmes le pas. Une épaisse fumée rampait sous la futaie, dont nous remontâmes le cours jusqu'à une clairière où un sinistre spectacle nous attendait : une maison achevait de brûler. Il ne restait d'intacte que la cheminée de pierre entravée dans quelques solives carbonisées. Le reste n'était que cendres. Toute la clairière semblait dévastée. La neige seule avait empêché que l'incendie ne se propage au reste de la forêt.

Weyland lâcha un soupir fataliste et, retirant son galurin, s'avança tête nue au pas dans les décombres, tel un pénitent pénètre dans un sanctuaire. Je devinai ce qu'il recherchait, et je frémis en songeant que l'occupant des lieux ait pu être pris au piège. Par bonheur, nous ne trouvâmes aucune dépouille. L'éclaireur examina la neige chamboulée alentour.

— Cinq cavaliers, commenta-t-il avec amertume. Ils sont arrivés de ce côté, et sont repartis de même. Ça s'est passé cette nuit. Ils ont pris leur temps.

Tandis qu'il examinait le sol, un objet enfiché dans des débris de charpente noirci attira mon attention. Je descendis de selle pour m'en emparer. Une carte à jouer. Un valet de pique, semblable à celui que Branston m'avait montré ce matin. Aucun doute, il s'agissait d'un message à mon intention. Celui qui l'avait laissé connaissait mes dons et se doutait que nous serions attirés par ce forfait. Je fermai les yeux, en quête de concentration. J'appelai ma « vision » Et elle vint à moi.

Les cinq cavaliers étaient ici. Ils voltaient sur leurs montures tels des spectres hargneux, faisant flotter leurs cache-poussière gris, tandis que les flammes montaient vers le ciel. Leurs visages livides se reflétaient dans l'incendie. L'un d'eux se tourna soudain vers moi et me dévisagea avec malice. Le meneur, qui se distinguait par ses cheveux longs et roux et sa barbe frisée barbouillant son menton... Angus Dulles. Ce criminel... Il me souriait et semblait vouloir que je partage sa jouissance du spectacle, tel un grand enfant immature. La nausée me serra l'estomac. Ce fut la poigne de Weyland me secouant par l'épaule qui m'arracha à la terrible hallucination.

— Arrête, me somma-t-il en me fixant droit dans les yeux, tu vas trop loin. Ce truc finira par te rendre fou.

— Ils étaient ici, révélai-je comme dans un songe. Cinq de la Brigade Pâle. Angus Dulles est à leur tête.

— Il fallait s'en douter, pesta Elly. C'est le prince des incendiaires. On a déjà vu de quoi il était capable[1].

---

1. Voir tome 1, *Le Châtiment des Hommes-Tonnerre.*

Quand je pense qu'il a été recruté avec nous par Pinkerton au tout début. Mais pourquoi mettre le feu à ces maisons, et nous révéler sa présence ?

— Je ne vois qu'une explication, supputai-je. Dulles et les siens veulent que nous sachions qu'ils sont les maîtres du jeu. C'est leur manière de nous dire qu'ils sont là, qu'ils peuvent nous nuire à tout moment. Que la guerre est loin d'être terminée. J'espérais qu'il s'était brisé les os en tombant de la machine volante, mais décidément, il est incassable.

Un silence indécis s'ensuivit, que Weyland trancha sans équivoque.

— Moi, je vais suivre leurs traces et voir jusqu'où elles mènent. Vous, vous suivez les ordres et vous rentrez à San Francisco.

Nous nous indignâmes en chœur.

— Quoi ? Vous laisser seul ici ? Pas question !

— J'ai parlé maudits pèlerins, nous tança-t-il, et je ne me répéterai pas. Vous êtes plus encombrants qu'autre chose tous les trois. C'est un fait. Seul, je serai un danger permanent pour Dulles et sa bande. Ils craindront de me voir à chaque fois qu'ils se retourneront. Et au moment où ils s'y attendront le moins, je les aurai.

Il sortit sa Winchester de ses fontes, la posa en travers de sa selle, et, après un bref salut, s'enfonça dans la forêt.

8. COMPTER LES MOUCHES

San Francisco
Quelques mois plus tard

Il était près de dix heures ce matin-là quand je ressortis de la boutique du barbier où j'avais mes habitudes. Complaisant avec mes manies de dandy, le brave homme avait coupé mes cheveux bruns très court, retaillé au rasoir mes sourcils et ma petite moustache – si longtemps submergée par une barbe de trappeur très peu séduisante. Il avait parfumé mes joues avec je ne sais quelle lotion masculine supposée m'attirer la faveur des demoiselles, le tout pour cinquante cents. L'expérience de se sentir à nouveau soi-même valait le sacrifice. Depuis mon retour de Colombie-Britannique, je veillais à ma personne avec un soin maniaque, soignant mon apparence et mes tenues vestimentaires. Chemises blanches impeccables, costumes neutres, chapeau rond assorti... Je menais la belle vie. Mes moyens me le permettaient. Je touchais vingt dollars chaque semaine de l'Agence, virés sur mon compte en banque, en dépit du fait que j'étais déchargé de toute mission. Plus aucune nouvelle ne m'était parvenue depuis le câble qui m'ordonnait de retourner à San Francisco.

Aucune réponse à mes rapports.

Rien.

J'allais bientôt en être réduit à compter les mouches, et ce désœuvrement forcé me pesait plus que tout. Je me mis donc à déambuler dans les rues de San Francisco, les joues fraîches, l'air important et sûr de moi. Cette cité naissante, qui était encore loin de posséder le rayonnement qu'elle connut plus tard, imitait en tout les villes de l'Est et je m'y sentais parfaitement à l'aise. Le mois de septembre était bien avancé, et cependant, l'été refusait de céder du terrain. Difficile d'imaginer un contraste plus saisissant avec l'enfer de neige et de froid que j'avais vécu cet hiver en Colombie-Britannique. Une sécheresse extrême avait sévi sur la Côte Ouest et la température était encore élevée. Les passants accablés recherchaient les coins d'ombre. Des dames avaient installé des chaises à même les trottoirs pour se rafraîchir. La municipalité avait beau arroser régulièrement les rues à l'aide de citernes ambulantes, la poussière en suspens dans l'air raclait la gorge et piquait les yeux.

Mon insigne accroché au revers de mon veston, ce précieux blason de fer où se trouvait gravé « Pinkerton » en lettres bien lisibles, je saluais les passants avec un excès de zèle qui ne traduisait rien d'autre que mon désir de me rendre utile. N'étais-je pas un policier avant tout ? Il suffisait qu'un enfant se fasse molester par ses camarades, et je me faisais un devoir d'intervenir. Une vieille dame peinait-elle à traverser ? Je me dévouais. Après un hiver passé dans le Wild, retrouver la tranquillité et l'animation d'une vraie cité m'avait d'abord comblé de joie. Après un été d'oisiveté, je me consumais d'ennui.

Las de tourner en rond, je dirigeai mes pas vers la succursale que l'Agence possédait dans le centre-ville. La vitrine arborait fièrement sur sa devanture la célèbre devise « Nous ne dormons jamais » assortie d'un œil grand ouvert assez inquiétant pour attirer l'attention. Je retrouvai l'agitation habituelle des agents partant en mission, fusil au poing, la mine déjà concentrée sur leur tâche à venir : escorte de fourgons bancaires, surveillance des bandes, sécurité de telle ou telle personnalité, artistique ou politique, de passage en ville. L'Agence Pinkerton possédait un large éventail de compétences. Je saluai ces détectives avec envie, impatient moi aussi de renouer avec l'action.

Alors que je gravissais l'escalier, j'eus la surprise de tomber sur Calder Weyland, Winchester à la main, vêtu d'une tenue des plus sommaires, chemise à carreaux, pantalon de peau, et toujours son galurin à plumes piqué sur son oreille. Il parut presque embarrassé de me découvrir sur son chemin.

— Hello, Weyland ! l'accostai-je avec entrain. Je vous croyais égaré dans le blizzard canadien ! Pourquoi n'avez-vous donné aucune nouvelle tout ce temps ?

— Pas eu l'occasion, répondit-il, laconique. Je faisais juste un saut. Le temps pour moi d'apporter mon rapport à ton ami « l'épicier ».

« L'épicier » était le surnom dont il affublait Gideon Cross, probablement à cause du crayon qu'il portait perpétuellement à l'oreille quand il était à son bureau.

— Vous avez retrouvé Dulles et sa bande ?

— En partie, résuma-t-il. En partie seulement.

— Je vous offre à déjeuner ?

— Non, pèlerin, je te remercie, mais tel que tu me vois, je remonte sur mon canasson et je pars dans la Sierra.

— Rendez-vous avec Poisson-qui-file-sous-la-pierre et les Indiens Païutes ?

— Il fait rôtir les opossums comme personne, mais ce n'est pas la seule raison. Quand je me trouve parmi eux, j'ai l'impression de retrouver la paix de l'esprit. Ce n'est pas le cas ici.

C'était bien dans les habitudes du traceur de pistes que d'aller et venir, sans jamais parvenir à se poser nulle part. Je n'insistai pas. C'eût été parfaitement inutile.

— Et si nous avions du neuf au sujet des frères Wardrop, comment vous alerter si vous êtes à la pêche aux écrevisses ?

Un éclair passa dans ses yeux sombres.

— Je ne me débine pas, si c'est ce que tu sous-entends. Personne plus que moi ne veut mettre la main sur Cecil Wardrop et qu'il soit ton père ou non n'a aucune importance à mes yeux. Il a tué mon frère Salomon. Lui ou son double, pour moi, c'est du pareil au même. Mais j'en apprendrai plus chez les Païutes, qui savent écouter les arbres et le vent, que dans cette fourmilière de gens pressés. Et une dernière chose : ne te laisse pas entraîner trop loin par l'Agence. Allan Pinkerton est un rapace. Il n'en veut qu'à tes dons. Tu ne représentes rien pour lui, et il n'est pas moins cynique que la plupart des criminels qu'il pourchasse, souviens-toi de ça.

— Je ne suis toujours qu'un supplétif, Weyland, soupirai-je. Grassement payé à ne rien faire. Vous voyez, je n'ai pas encore comparu devant les Douze Cagoules, ni prêté serment sur la Bible Noire, ni affronté la

Chambre de la Terreur... Ni passé aucun examen qui puisse m'assurer de mon intégration définitive.

— Ne sois pas si pressé, augura Weyland d'une voix grave, ça viendra. Il y a une chose que je connais mieux que les recoins de la Sierra, c'est le cœur d'Allan Pinkerton. J'étais à ses côtés quand il a décidé de fonder l'Agence. C'est peu dire que nous n'avons pas la même vision du monde, et des hommes.

— Vous me manquerez Weyland, mais je vous souhaite bonne route. Mes amitiés au chef.

— Poisson-qui-file-sous-la-pierre n'est pas chef, corrigea mon ami avec un sourire en coin. Les Païutes n'en possèdent pas. Ils n'ont que des sages, et cela me va bien. Salut, pèlerin. On se reverra. Plus tôt que tu ne crois, tu peux y compter.

Aucune effusion. Pas même une poignée de main. Je touchai le rebord de mon feutre en guise d'au revoir et il partit.

Mon humeur s'était encore assombrie quand je pénétrai dans le bureau de Gideon Cross. Il avait renoué avec ses anciennes fonctions de chef de succursale, avec un certain plaisir, d'ailleurs. L'expédition hivernale au lac Okanagan lui avait fait passer pour un temps le goût de l'aventure et de la vie itinérante et c'était avec talent qu'il avait repris son rôle d'organisateur et de planificateur des activités de l'Agence à San Francisco, notre « épicier » ! À mon entrée, il remuait la paperasse avec une dextérité de comptable, annotant, prenant des décisions, vérifiant sur des cartes d'état-major toute information qui arrivait jusqu'à lui. En bras de chemise, son crayon sur l'oreille, il me tendit une main distraite par-dessus la pile chancelante des dossiers en souffrance.

— Comment ça va, Neil ? me lança-t-il. Tu as croisé le vieux Weyland en bas ?

— Exact. Il repart. Je ne sais pas ce qu'il cherche au juste.

— Lui seul le sait. Peut-être la fraîcheur, comme nous tous. Fichue chaleur. Sinon quoi de neuf ?

— J'ai pris sur le fait un voleur de sucettes en culottes courtes, j'ai sermonné un type qui soufflait sa fumée de cigarette au visage des passants. Oh, et j'ai aussi sauvé un jeune chat coincé sur une gouttière. La routine. Tu n'as toujours rien pour moi ? Aucune nouvelle ?

Mon ami me sonda de son regard vif.

— Tu imagines sérieusement que le siège de Chicago passerait par moi pour te contacter ? Tu appartiens à sa Branche Spéciale, Neil, pas moi. C'est d'ailleurs un privilège que je te laisse volontiers.

— Tu parles d'un privilège. Je suis utilisé pour des besognes où on ne veut pas risquer la peau de véritables détectives.

— Ne noircis pas le tableau.

— J'ai adressé plusieurs rapports à Leonard Price. C'est mon supérieur direct, et je n'ai eu aucun retour. Je trouve ce silence inquiétant.

— Tu devrais t'adresser au boss directement, soit à Allan Pinkerton en personne. En attendant, l'Agence fonctionne, tu peux me croire. Pas un jour sans qu'un câble ne nous apporte de quoi travailler. Notre chiffre d'affaires est en constante augmentation. Nous avons dû augmenter nos tarifs, et malgré tout, nous refusons des clients.

— Pourquoi ne pas me confier une mission ordinaire ? L'escorte d'un convoi ? Je suis prêt à faire le planton devant une banque, pourvu que j'arrête de me tourner les pouces.

Pour réponse, Gideon ouvrit un tiroir et déposa deux montres brisées devant lui.

— La moisson de Weyland, précisa-t-il. Il a réussi à avoir deux membres de la bande à Dulles cet hiver, au Canada, après notre départ. Il en reste trois. Et je me vois dans l'obligation de te refuser une mission. Tu ne dépends pas de moi, mais de gens importants, là-bas, à Chicago, pour lesquels je ne suis qu'un pion sur un vaste échiquier qui s'étend sur tout le pays. Je crois que tu devrais prendre du recul, Neil. La piste de Cecil Wardrop s'est refroidie, et celle de la Brigade Pâle...

— Ouaip, et à cette heure, ils peuvent se trouver n'importe où à fomenter n'importe quoi.

— Tu crois réellement à la prédiction de Larrymore ? Que la Brigade Pâle préparerait une action d'envergure contre l'Agence ?

— Oui. Parce que ce furent ses dernières paroles avant qu'il ne refuse que je lui sauve la vie.

— Ça ne tient pas debout. Ils sont trop peu nombreux pour nuire à grande échelle. Tu prends cette affaire trop à cœur.

— Je ne suis pas capable comme Elly de tromper le temps en levant la jambe et en chantant.

— Tu sais bien qu'elle est chanteuse dans l'âme. D'ailleurs, tu devrais aller l'entendre, elle a un vrai talent. Et je crois que cela lui ferait plaisir. Elle se produit à *La Farandole.* Voilà un moyen de te faire passer le temps.

— Plus tard, promis-je sans conviction. J'aimerais mieux que tu me trouves enfin l'adresse de Daisy Montel.

— Daisy Montel ? sursauta Gideon en farfouillant dans sa paperasse. Justement ! Attends un peu. J'ai quelque chose... C'est la chanteuse disparue qu'Elly a remplacée ? Celle qui selon toi connaît les frères Wardrop ?

— Précisément. Je suis sûr qu'elle ne m'a pas tout dit. J'en veux pour preuve le fait qu'elle se soit volatilisée.

Gideon me tendit une note froissée qui traînait sous son coude parmi des dizaines d'autres.

— J'avais oublié, désolé, j'ai eu tant de choses à régler. Elly m'a confié ça. Elle l'a obtenu par le régisseur de *La Farandole.*

Je déchiffrai fiévreusement la note. Une simple adresse, mais qui fit bouillir mon sang dans mes veines. Enfin du neuf, après ces semaines d'interminable vide.

— Ta Daisy Montel a déménagé plusieurs fois ces derniers temps, expliqua Gideon, et apparemment, elle ne tenait pas à ce qu'on puisse la localiser. Par chance, le cabaret lui devait des gages, enfin peu importe. Tu penses qu'elle est de mèche ? Je sais que tu as farfouillé mes archives à son sujet...

Je haussai les épaules.

— C'est une piste aussi mince qu'un cheveu, mais je verrai bien où elle conduit.

9. AUTRES TEMPS, AUTRES CŒURS

La mauvaise réputation des hauts de San Francisco n'était pas surfaite.

Je ne m'étais pas plutôt aventuré parmi les rues pentues de Telegraph Hill que je fus hélé par nombre de femmes déambulant sur le pas des maisons de tolérance... ou de leur propre domicile, sous le regard de quelques margoulins réunis pour fumer la cigarette. Indifférents, des enfants jouaient dans les rigoles. La misère ici avait beau être impudique, elle n'en était pas moins réelle. Je dus décliner avec politesse les offres les plus affriolantes pour me concentrer sur mon objectif. La maison de Daisy Montel n'était guère différente de ces masures sans grâce qui s'alignaient à flanc de coteau. Un tas de planches mal ajusté, qui bénéficiait d'un joli point de vue sur la baie, où croisaient quelques splendides navires à vapeur. En me voyant avancer, l'adolescent qui repeignait la palissade avec application abandonna pot et pinceau blancs pour courir à l'intérieur, l'air terrifié.

— Visite ! Visite !

Celle qui se faisait appeler Daisy Montel surgit aussitôt sur le seuil de la maison, un fusil de chasse à deux coups dans les bras. Dans la lumière naturelle du midi, privée de tout maquillage, tout apprêt, ses cheveux rassemblés en chignon sage, elle m'apparut curieusement bien plus jeune que lors de notre première rencontre. Non que les rides et les cernes eussent disparu de ses joues crayeuses, mais son visage éreinté par les épreuves de la vie reflétait à présent un certain charme attestant qu'elle avait dû être d'une grande beauté. Malgré moi, mon cœur se mit à battre plus vite. Peut-être, sous un certain angle, possédait-elle une ressemblance avec le portrait de ma mère que j'avais toujours en ma possession. Je décidai d'en faire abstraction. Je me tins prudemment devant le portillon, et saluai en pinçant le rebord de mon chapeau melon.

— Daisy Montel ? lançai-je d'un ton des plus officiels. Vous vous rappelez certainement de moi. Agent fédéral Neil Galore, de la Pinkerton.

J'avais pris grand soin de détacher chaque syllabe de mon identité. Le regard de la pensionnaire des lieux vacilla. Elle abaissa imperceptiblement son arme.

— Oui, je me rappelle très bien, et sa voix claqua comme une mèche de fouet. Fichez le camp d'ici. On n'a rien à se dire.

— Au contraire, enchaînai-je sans me démonter, je pense que vous conservez certaines informations qui sont importantes pour mon enquête. Je veux parler des frères Wardrop. Cecil et Montgomery.

— Allez au diable !

— Si vous refusez de me parler, je serai dans l'obligation de vous arrêter.

— Ici ? railla-t-elle. Dans ce quartier ? Mais tout Pink que tu es, mes voisines t'arracheraient la peau. On ne peut rien contre moi ici. Rien.

De fait, je notai du coin de l'œil des rideaux qui s'écartaient furtivement dans les maisons voisines. Attirés par le bruit de la conversation, les habitants se tenaient prêts à intervenir. La solidarité entre compagnes de misère n'était pas un vain mot.

— Écoutez, je peux camper ici, nuit et jour, mais le plus sage serait de me laisser entrer. Cela ne prendra qu'un instant.

À cet instant, le frêle adolescent qui avait prévenu de mon arrivée revint pour s'accrocher aux jupes de la chanteuse sur le retour en me dévisageant avec défiance.

— C'est qui, maman ? interrogea-t-il.

Le fait qu'il appelât cette femme maman me donna un frisson dans le dos.

— C'est un beau garçon que vous avez là, madame, flattai-je. Habile au pinceau. Il fait du bon travail.

— Ce n'est pas mon garçon. C'est celui d'une voisine qui donne un coup de main chez moi.

Qu'avait-elle besoin de se justifier sur ce point ? Cette réponse me troubla.

— Montrez-lui qu'il n'y a rien à craindre. Faites-moi entrer.

Daisy Montel haussa les épaules et tourna les talons, mais sans prendre la peine de refermer la porte moustiquaire, ce que je pris pour invitation. Glaciale, mais une invitation tout de même. Je pénétrai ainsi dans un minuscule salon gentiment meublé, mon chapeau à la main. Un rayon de soleil traversait alors la pièce, qui éclaira plusieurs photographies bien en évidence sur un buffet... Constatant mon intérêt, la maîtresse de maison se hâta de les retourner contre le mur. L'adolescent se tenait près de la porte du fond, peu rassuré par ma présence. Pourtant, je le sentis impressionné par l'insigne de métal à mon revers.

— Vous êtes un vrai Pinkerton ? s'informa-t-il avec une excitation contenue. Comme ceux des magazines, ceux qui arrêtent les criminels à coups de revolver ?

— Affirmatif, répondis-je. Je te rassure. Il n'est pas toujours nécessaire d'utiliser une arme. Comment tu t'appelles ?

— Han. Pour Hannibal.

— Voici mon insigne, Han. Et aussi ma carte. C'est M. Allan Pinkerton en personne qui me les a remis.

Daisy Montel s'assit à la table ronde, sur laquelle je notai la présence d'une bouteille de whisky à demi entamée.

— Mon petit Han, édicta-t-elle, quand tu vois un type encore plus arrogant que le président des États-Unis en personne, c'est forcément un de ces satanés Pinkerton.

Elle me toisa avec un mépris un rien surjoué. Au fond, elle n'était peut-être pas si mécontente de ma venue.

— Asseyez-vous, m'accorda-t-elle, mais entendons-nous bien. Je ne sais rien. Et je n'ai rien à ajouter à ce que j'ai dit la dernière fois, compris ?

Je n'arrivai pas à détacher mon attention de Han. Étais-je victime d'une illusion, ou possédions-nous une certaine ressemblance ? Il était certes plus jeune, plus frêle, et cependant, quelque chose dans la forme de son visage, de ses oreilles, éveilla en moi plus qu'un soupçon. Je parvins cependant à refouler cette pensée, et répliquai avec un aplomb très professionnel.

— Vous avez reçu des menaces depuis notre discussion cet hiver ? Des visites importunes ?

— Pourquoi vous demandez ça ?

— Nous avons eu du mal à vous retrouver, madame Montel. Apparemment, vous avez changé d'adresse plusieurs fois. Vous avez même abandonné votre numéro au cabaret *La Farandole.* J'en conclus que vous vous sentiez menacée.

— Parle-lui des hommes qui sont venus ! lâcha Han.

Sur ces mots, il lui passa les bras autour du cou, comme pour la consoler de ce sinistre souvenir, et la manière dont il le fit, toute de tendresse et d'affection, me donna la certitude qu'il n'était sûrement pas le fils d'une voisine, mais bien le sien. Se pouvait-il alors...

— Ces hommes, comment étaient-ils ? questionnai-je. Ont-ils donné leur nom ?

— Est-ce que vous vous rendez compte à quoi on s'expose si on vous parle ? se rebella Daisy Montel. Ils seront sans pitié. Oui, sans pitié, mais ça vous est égal !

Elle marqua un temps, peut-être pour soupeser les risques.

— Ils se ressemblaient tous, finit-elle par lâcher. Comme des cousins. Même genre de figures, de manteaux longs... Ils étaient trois. Leur chef était plutôt enveloppé, les cheveux roux et longs, la barbe frisée. Ils ont débarqué chez moi à la tombée de la nuit.

Elle s'interrompit comme si le souvenir de cette entrevue suffisait seul à réveiller en elle la pire des terreurs. Je lui donnai le temps de formuler, et elle acheva en s'essuyant une larme au coin de l'œil.

— ... Le rouquin m'a attrapée par les bras. Han a bien tenté de l'en empêcher, mais il l'a frappé. Et alors il a brandi son pouce devant mes yeux, comme s'il grattait une allumette, et une flamme a jailli. Il m'a juré de mettre le feu si je ne tenais pas ma langue. Je connais ce genre d'hommes. J'en ai souvent rencontré. Ils tiennent vraiment parole. Ce sont des déchets de l'humanité. Ils n'ont plus de cœur, plus d'âme, plus rien qui les apparente à nous autres...

— L'homme que vous me décrivez s'appelle Angus Dulles, répliquai-je en me contenant pour rester imperturbable. Il est activement recherché pour meurtre et incendie volontaire. Vous m'avez menti sur les frères Wardrop la dernière fois que nous nous sommes vus. Vous m'avez assuré ne les connaître que de réputation, avant la guerre, à une époque où ils formaient un gang criminel. Or, je pense que vous les avez fréquentés tous les deux de manière plus intime. Notamment Cecil, le cadet, que vous avez épousé. Il y a deux ans de cela, le train Transcontinental a essuyé une série de vols et l'Agence Pinkerton a été saisie de l'affaire. J'ai été embauché à cette fin, en même temps que trois autres intérimaires. Si je vous disais que nous avons fini par découvrir que Cecil Wardrop possédait un certain pouvoir... Un pouvoir surnaturel qui tient son origine dans le Puha, la force cosmique qui est vénérée chez les Indiens de la Sierra, en particulier les Païutes...

N'importe qui de sensé m'aurait ri au nez en entendant cet exposé, mais la chanteuse de cabaret se révulsait sur sa chaise à mesure que je parlais. Son expression effarée, sa bouche ouverte étaient autant d'indices me prouvant qu'elle savait. Ou plutôt qu'elle avait toujours su. Elle fixa la pointe de ses bottines.

— Le... le Puha..., murmura-t-elle. Oui, c'est ainsi qu'il l'appelait à l'époque où nous étions encore ensemble. Je connais ce pouvoir. Je l'ai vu à l'œuvre, de mes yeux. C'est... terrifiant. Cecil pouvait se trouver en deux endroits différents, en même temps, j'en ai eu la preuve plus d'une fois.

— Il a trop tiré sur la corde, enchaînai-je. Son double a décidé de vivre sa propre vie, telle une marionnette qui échappe à son créateur. Nous avons mis un terme aux méfaits de cette créature, et votre mari a subi un choc violent qui l'a conduit à un certain... comment dire ? Délabrement mental... Mais tout cela, je suis sûr que vous le savez. Vous n'ignorez pas non plus qu'il a été enfermé un temps au fort militaire d'Alcatraz, ici même dans la baie, et s'y trouverait toujours si des complices ne l'avaient fait évader au cours d'une opération engageant une machine ailée. Parmi ses complices, il y a ces hommes qui vous ont rendu visite, et aussi, j'en suis convaincu, son frère Montgomery, l'aîné des Wardrop. Ils n'ont jamais rompu le lien fraternel, ni le lien de clan qui les unissait du temps où ils pillaient les diligences. Ils ont également fait la guerre ensemble dans le camp des confédérés[1]. Qui d'autre qu'un frère aurait couru tant de risques pour sauver un pauvre dément ? Qui d'autre qu'une épouse aurait été leur complice ? Car vous avez été complice de cette opération à un moment ou à un autre.

Profitant de l'état de stupeur dans lequel ma conclusion avait plongé Daisy Montel, je me levai pour retourner les portraits qu'elle avait tenté de soustraire à mon attention. Elle poussa un cri, chercha à m'en empêcher, mais je la repoussai sans cérémonie. Il y avait trois photographies. La première était celle des deux frères Wardrop au début de leur sinistre carrière, portant barbes et cheveux longs, souriant et posant avec arrogance, la carabine au pied. Montgomery semblait plus grand que son frère Cecil, mieux bâti et doué s'il était possible d'un air plus inquiétant encore. Un troisième larron se trouvait à leur côté, dont j'ignorais

1. Nom donné aux soldats sudistes pendant la tristement célèbre guerre de Sécession.

alors l'identité. Je notai simplement qu'il lui manquait un morceau d'oreille sous son galurin.

La deuxième représentait un couple de jeunes mariés : Daisy Montel et Cecil Wardrop, cette fois rasé de près, et portant beau. Lui assis et fixant l'objectif avec froideur. Elle rayonnante, en robe blanche et bouquet à la main. Quant à la troisième, c'était celle de deux enfants côte à côte, un nourrisson et un petit garçon, âgé de six ou sept ans, dont je reconnus aussitôt la frimousse, les sourcils étirés, les yeux bleu foncé.

Ce fut Han qui m'arracha les cadres des mains, et avant que je puisse les lui reprendre, il s'échappa dans la chambre du fond et ferma la porte à clé. Celle qui se faisait appeler Daisy Montel était repartie s'asseoir. Elle attrapa la bouteille de whisky abandonnée sur la table et en but une pleine rasade à même le goulot sans se soucier de ce que cette vision misérable remuait en moi.

— C'était pas possible pour moi de garder deux enfants. L'un était de trop. Fallait s'occuper du plus jeune. Alors j'ai abandonné le grand à Saint-Louis, aux bons soins d'un tenancier de saloon qui m'avait promis d'en faire un homme. Voilà. C'est comme ça. Rien à ajouter. Et rien à regretter.

Si j'avais eu le moindre doute, il s'était envolé.

— C'est moi, sur la photo, et mon jeune frère à côté, c'est Han. Votre nom de jeune fille est Galore, et c'est aussi le mien. Je vous sais gré de ne pas m'avoir donné celui de Wardrop. Sans doute aviez-vous peur que je ne sois un jour montré du doigt, comme le fils d'un pareil criminel. Vous êtes née à Madison, Mississippi, en 1828. Oh, ne soyez pas étonnée ! J'ai eu tout le temps de faire quelques recherches dans les fichiers de l'Agence Pinkerton ces derniers mois.

Votre prénom est Éléonore. J'ai été étonné de l'apprendre. Vous savez, à six ans, c'est drôle, on ignore le prénom de sa mère. Sûrement parce que cela n'a aucune importance. La nuit, il suffit que l'on appelle « maman », et cette femme admirable accourt dans votre chambre, que vous soyez souffrant ou que vous ayez peur de l'orage. Elle est décoiffée, en chemise de nuit, les yeux plein de sommeil... Elle vous caresse le front et un seul de ses sourires suffit à faire tomber la fièvre et disparaître la peur. Oui, à cet âge, pour un enfant, seul le prénom des anges importe, pas celui de sa mère.

Je tournai autour de la table, les pouces coincés dans le revers de mon gilet pour me redonner contenance, car je sentais que des années d'échafaudages, de constructions patiemment bâties en moi-même pour effacer mon douloureux passé s'écroulaient comme château de cartes.

— J'ai appris à vaincre ma peur de l'orage, ajoutai-je, et aussi à endurer le froid et les fièvres. Je vous le dois, madame.

Je dévisageai cette femme qui m'était tout, et ne m'était rien.

— C'est comme ça, on ne peut plus rien changer, laissa-t-elle tomber. Maintenant, c'est Han, mon fils. Personne d'autre.

— Où se trouvent les frères Wardrop, à présent ? Vous les avez aidés à s'évader, vous devez le savoir.

— Va au diable. Je ne dirai plus rien. Tu n'es qu'un étranger ici, maudit Pink !

— Vous changerez peut-être d'avis. Si cela vous prend, contactez notre bureau ici, à San Francisco. Vous trouverez facilement. Une vitrine avec un œil ouvert.

J'enfonçai mon chapeau melon jusqu'aux sourcils, et quittai la maisonnette sans me retourner. Je sentis derrière moi que la femme avait écarté le rideau et me suivait des yeux, ainsi qu'on surveille l'enfant qui part à l'école.

Sauf que je n'étais jamais allé à l'école.

10. L'ÉTOILE DU PORT

L'affiche avait de l'allure. Sur fond vert s'y détachait une aguichante chanteuse au tour de taille menu, au visage cerclé de boucles dorées, qui semblait inviter d'un sourire taquin à pousser la porte vitrée du cabaret. Elly Aymes, la grande chanteuse venue de La Nouvelle-Orléans ! Je repoussai mon chapeau melon d'une chiquenaude ne sachant au juste si j'éprouvais de la fierté, ou de la rancœur. Évidemment, *La Farandole* n'avait rien de commun avec les *Folies-Bergère* de Paris, ou même le *Music-Hall* des beaux quartiers de San Francisco. Logé dans une ruelle étroite où flottait l'odeur rance du port tout proche, l'établissement ressemblait davantage à une gargote de marins, mais son nom français et son enseigne tape-à-l'œil lui donnaient une allure des plus chics.

Plutôt que de me mêler à la clientèle accoudée au zinc, je pris une table parmi les bourgeois et les journalistes que la célébrité naissante de la chanteuse, entretenue par quelques articles de presse, avaient attirés au pied de Telegraph Hill. Je demandai une bière – seul alcool toléré par le règlement de l'Agence – et j'attendis l'heure du spectacle. En patientant, je lorgnai en direction des tables de poker disposées dans le fond où les parties allaient bon train. Cette interdiction, plus que tout autre, me pesait. J'aimais encore cette lumière crue au-dessus d'un tapis vert, le bruit des cartes battues dans la fumée des cigarettes. Je devais cependant me résoudre à m'en tenir éloigné.

Elly Aymes fit enfin son apparition sur la scène minuscule éclairée par des calebombes, ses formes minces rembourrées par une exquise robe bleue à volants garnie de fanfreluches. Je lui trouvai une mine superbe sous le maquillage outrancier, preuve que la vie mondaine lui seyait mieux que celle d'exploratrice. Contraints par ce ruban noir que je lui avais vu porter au lendemain de la mort d'Armando, ses cheveux montaient en chignon au-dessus de sa tête, dévoilant la finesse de ses oreilles et de sa nuque. J'en fus extasié. Je sentis mon cœur fondre comme un caramel abandonné en plein désert. Un type à côté de moi, déjà bien entamé par la boisson, coupa court à mon admiration en me donnant un coup de coude enthousiaste.

— Z'allez voir ! Elle est drôlement bien. Et elle chante mieux qu'aucune autre.

— Et puis elle arrive tout droit de La Nouvelle-Orléans, acquiesçai-je avec malice.

Elly retroussa ses jupons et commença une chanson endiablée en arpentant les planches de long en large avec un abattage renversant. La fille que je connaissais au quotidien, au tempérament revêche, s'effaçait devant une artiste époustouflante, volontiers canaille, qui savait séduire par son charme autant que par sa voix haut perchée, délicieusement éraillée. Elle enchaîna les titres, et je ne fus pas le dernier à applaudir et à m'enthousiasmer, en oubliant la réserve que doit observer tout agent Pinkerton. Le public conquis lui fit une ovation qu'elle méritait. À un moment, elle m'aperçut dans le public et le sourire qu'elle m'adressa alors me réconforta mieux qu'aucun élixir. Elle avait l'air si radieuse, si épanouie, si... à sa place !

— Et maintenant, annonça-t-elle à ma grande surprise, en l'honneur d'un vieux camarade que je vois là-bas, je vais vous interpréter une chanson qui rappellera à certains d'entre vous, mes cœurs tendres, la bien-aimée que vous avez laissée au foyer.

Elle entonna alors ma chanson, celle qu'elle avait apprise de Daisy Montel, ma mère, ici même, d'une voix si chaude, si sensuelle, si nostalgique que j'en eus les larmes aux yeux.

Darling, what's wrong with you ?
What kind of man are you...?
Oh, come along honey,
Don't stay for the glory
But only for me...
Darling, what's wrong with you,
What sort of man are you...

Elle acheva sous un tonnerre d'applaudissements et de sifflets ravis, qu'elle accueillit avec une révérence des plus charmantes. Je restai coi, saisi par des frissons dans tout le corps. Oubliant jusqu'à la raison qui m'avait fait venir ici ce soir... Plus tard, durant sa pause, Elly me rejoignit à ma table et je ne fus pas peu fier d'avoir l'honneur de lui présenter une chaise afin qu'elle prenne place en face de moi, sous les regards envieux de tous ses admirateurs.

— Elly, tu as un vrai don, la félicitai-je. Je t'avais déjà entendue chanter, mais là, c'était... c'était autre chose.

— Ils m'ont proposé la tête d'affiche à la place de Daisy Montel, tu te rends compte ? Neil ! Neil ! C'est mon rêve que tu vois là... D'accord, ce n'est pas le encore le *Music-Hall* de San Francisco, mais je progresse, tu en conviens ?

— Tu y arriveras, j'en suis sûr. Tu es vraiment faite pour ça. Même si tu restes une Pinkerton, ne l'oublie pas...

— Chut ! me tança-t-elle. Tu es malade de prononcer ce nom ici ?

Elle ajouta un ton plus bas.

— Oui, je suis une Pink, et je le resterai, jusqu'à ce que nous ayons retrouvé Wardrop et anéanti cette maudite Brigade Pâle.

— Et ensuite ?

Prise de court, elle esquissa un mouvement de recul.

— Ensuite ? J'irai ma route. Je ne suis pas comme toi, Neil. J'ai d'autres ambitions que de devenir un agent fédéral. Tu as changé, même si tu ne t'en rends pas compte. Tu n'es plus le freluquet que j'ai connu il y a seulement deux ans. Tu es devenu un véritable Pinkerton, dans ta manière de t'habiller, de marcher, de parler... de raisonner, même. C'est comme si tu avais toujours eu ça dans les veines, sans le savoir.

— J'aimerais que le vieux Pinkerton partage cette opinion, mais pour l'instant, il n'a pas daigné m'adresser le moindre message. Et Gideon ne veut pas de mes services, même pour une escorte !

— Il a raison. J'approuve. Neil, tu reçois tes ordres du patron en personne ! Au fait, tu as obtenu l'adresse de Daisy Montel ?

J'hésitai à lui parler de l'entrevue houleuse du midi, mais elle comprit à ma seule expression de quelle façon elle s'était déroulée.

— Je vois. Et que sait-elle ?

— Elle est mêlée à l'évasion de Wardrop, j'en suis sûr. Elle a eu un autre enfant avec Cecil. J'ai un frère. Il s'appelle Hannibal. Han. Il a l'air d'un brave gars. Dure journée...

Elly me sonda du regard avec une réelle compassion.

— Tu veux en parler ?

— Il n'y a rien à en dire.

— Ne te défile pas.

— Si je te demandais en mariage, là, tout de suite, tu dirais quoi ?

Elle écarquilla d'abord les yeux et ouvrit la bouche sur une exclamation muette, prise au dépourvu.

— Je... je dirais que tu es dingue. Je dirais que c'est l'affiche dehors qui t'a tourné la tête.

— D'accord. Disons que c'est l'affiche. Tu veux y réfléchir ?

— Galore, on n'est pas faits l'un pour l'autre. Tu imagines le couple que nous ferions ? Quel régal pour les vendeurs de vaisselle... On aurait tôt fait de dévaliser leurs étalages.

— Tu savais que le vieux Pinkerton lui-même avait épousé une chanteuse de cabaret ? C'est dire que les règlements de l'Agence l'autorisent. Je t'offrirais ta maison aux rideaux rouges, et je t'assure que la porcelaine n'aurait pas à souffrir.

Elle parut troublée que je lui rappelle cette confidence qu'elle m'avait faite l'an passé, alors que nous nous promenions bras dessus, bras dessous en jouant les badauds. Elle posa sa main sur la mienne, avec une douceur qu'elle ne m'avait jamais témoignée... et qui me fit redouter le pire.

— Neil, pour que j'accepte d'habiter avec un homme dans une petite maison à rideaux rouges, encore faudrait-il que j'éprouve pour lui de vrais sentiments. Je ne te déteste pas autant que... Enfin, autant que tu le penses. J'ai même de l'affection pour toi, même si je déteste ton côté hâbleur et ta manie des beaux costumes. Mais tu dois te sortir de la tête que nous pourrons vivre un jour quelque chose tous les deux. Et d'ailleurs, si...

À cet instant précis, un grand échalas vêtu à la dernière mode s'inclina devant elle.

— Miss Aymes, pardonnez-moi de vous interrompre, mais je sais que vous devez reprendre le spectacle dans un instant. Je travaille au *San Francisco Chronicle,* et si vous aviez un instant à m'accorder, j'aimerais avoir une interview. Voyez-vous, il se trouve que votre numéro fait sensation et que...

Considérant qu'il était sur le point de s'asseoir sur mes genoux, je lui offris ma chaise d'un geste chevaleresque. Elly essaya bien de me retenir, mais je la saluai poliment et m'esquivai en remettant mon chapeau melon sur mon crâne afin de me donner contenance. J'avais entrevu les douceurs d'un paradis dont la porte s'était brutalement refermée. Le temps d'un éclair. Le temps d'un songe. Je respirai à fond la brise infecte qui montait de la baie, les pouces coincés dans mon beau gilet, indécis. Comme un écho à ma détresse, j'entendis une cloche mélancolique sonner dans le lointain. Un pressentiment me fit lever la tête en direction de Telegraph Hill. Une curieuse lueur orangée se reflétait sur les façades en bois des maisons enchevêtrées. Et soudain quelqu'un cria derrière moi :

— Le feu ! Il y a le feu sur la colline !

11. DÉCOMBRES

Mon sang ne fit qu'un tour. Je fonçai ventre à terre dans la montée avec la fâcheuse intuition chevillée au corps qu'une catastrophe venait de se produire. Et à mesure que je m'orientais dans les rues tarabiscotées, cette intuition devint certitude. La Brigade Pâle avait mis ses menaces à exécution. J'avais été naïf d'imaginer que ma mère n'était pas l'objet d'une surveillance quelconque. C'était bel et bien sa maison qui était la proie des flammes. Je bousculai un attroupement de voisins médusés qui s'était formé à bonne distance.

— Il y a encore du monde à l'intérieur ? m'informai-je à la cantonade.

Une femme âgée recouverte d'un châle, pétrifiée par le spectacle, ne trouva qu'à hocher la tête affirmativement. Sans hésitation, je me ruai à l'intérieur de la masure d'où sortait une épaisse fumée. Je me plaquai un mouchoir sur le nez et me ruai dans la pièce du fond. J'aperçus deux corps étendus sur le lit, celui de Han et de Daisy Montel... Cette maudite pocharde s'était probablement évanouie, intoxiquée par l'excès d'alcool autant que par les vapeurs de combustion. Je les attrapai tous deux par le col et les tirai du taudis à reculons. Han se remit sur pied en toussant, ce qui me permit de soulever la femme inanimée et de la jeter sur mon épaule. À peine fûmes-nous à l'abri de l'autre côté de la rue que la charpente vaincue s'écroula avec un gémissement strident.

Je me déchargeais de la survivante à même le trottoir, où Han s'employa à la ranimer. L'adolescent tremblait de tout son corps. Des traces de larmes sillonnaient ses joues noircies. Les bonnes âmes, qui jusqu'ici ne s'étaient guère manifestées, leur portèrent enfin assistance. Un chariot de pompiers chargé d'une citerne déboucha de la rue voisine. En un clin d'œil, une chaîne de volontaires se forma et les seaux passant de main en main finirent par réduire le brasier juste avant qu'il ne se propage. Au beau milieu de cette confusion, je fus saisi par une sorte de prémonition. Les bruits et les clameurs s'assourdirent, toute l'agitation m'apparut comme au ralenti, à l'exception de l'homme qui se tenait en haut de la rue, emmitouflé dans un cache-poussière beige, son chapeau de fermier tordu abaissé sur son front. Fasciné par le spectacle, Angus Dulles se dressait dans la clarté des flammes. Sa vilaine face constellée de taches de rousseur, encerclée de poils roux, ressemblait à celle de quelque divinité vengeresse.

Je tirai mon pistolet Derringer et fonçai dans sa direction.

Il me vit et poussa un cri aigu à peine humain, avant de déguerpir à grandes enjambées, les bras largement écartés, son long manteau flottant au vent, comme s'il espérait prendre son envol. Je n'avais pas l'intention de le voir filer. Il m'avait déjà berné par le passé. J'étais décidé à lui mettre la main dessus coûte que coûte.

Je serrai les dents et m'efforçai de rattraper le terrain perdu. Mais il tournait et obliquait dans le dédale des ruelles comme s'il en connaissait par avance les plus intimes méandres. Et comme je déboulai au pied de l'émetteur télégraphique qui donnait son nom à la colline, je ne trouvai plus personne.

Disparu. Envolé.

Essoufflé, enragé, je lâchai une bordée de jurons et, la mort dans l'âme, je dus revenir sur mes pas. Les pompiers avaient définitivement empêché la contagion des flammes, évitant le pire au vieux quartier escarpé. Les voisins retournaient progressivement chez eux. Daisy Montel et Han étaient assis dans un coin, à observer les décombres fumants de leur maison, la mine hagarde. En me voyant revenir, ils me dévisagèrent d'un air sombre.

— Tout ça, c'est votre faute, m'incrimina Han. Je vous déteste.

— Non, c'est celle de ta mère, rétorquai-je sans ménagement. Si pour une fois elle m'avait dit la vérité, j'aurais pu vous mettre à l'abri et vous protéger. Maintenant, vous n'avez guère le choix.

La chanteuse de cabaret semblait peu à peu émerger de son hébétude.

— C'était lui. Le rouquin.

— Je sais. Il m'a filé entre les doigts. Quand allez-vous comprendre ? Les frères Wardrop tiennent à leur survie. Ils vous élimineront sans pitié parce que vous savez trop de choses sur leur compte. Vous étiez dans le coup de l'évasion. Peut-être même avez-vous hébergé le fugitif pendant un temps.

Il s'écoula une longue minute avant que Daisy Montel consente à ouvrir la bouche.

— C'est vrai. Cecil est resté un temps sous mon toit. C'est Montgomery qui me l'a demandé par lettre. C'était lui le cerveau. Il m'a dit que personne ne chercherait son frère chez moi. Il avait raison. Et moi, j'étais heureuse parce que j'avais l'impression de me retrouver bien des années plus tôt. À une époque, on a eu une maison à nous, Cecil et moi. Celle où tu es né. C'était un repaire de bandits, mais enfin, c'était un foyer... On a été heureux, le peu de temps qu'on y est restés. Alors revoir Cecil là, comme au bon vieux temps. Seulement, il avait changé. Il ne parlait presque pas. J'ai dû lui donner à manger à la cuillère, comme un enfant, au début. Et puis un beau matin, le rouquin et sa bande sont venus. Ils lui ont demandé de les accompagner. Cecil est reparti. Sans un mot. Sans un regard.

— Pour où ? demandai-je. Pour où est-il reparti ?

— Chicago. Le rouquin disait que le plan était en marche, que le temps était venu de punir l'Agence Pinkerton.

— Chicago..., soupirai-je. Le siège de l'Agence. On n'est parfois jamais mieux caché que sous le nez de son ennemi. Que savez-vous de plus ? Comment se fait appeler Monty Wardrop, maintenant ?

— Je n'en sais rien.

Et comme si elle anticipait le soupçon qu'éveillait en moi cette réponse trop simple, elle s'empressa d'ajouter :

— Je jure que je n'en sais rien. Le rouquin m'a simplement fait promettre de tenir ma langue, mais à présent, je ne lui dois plus rien. C'est un chien galeux. J'espère qu'il finira pendu au bout d'une corde.

— Ils finiront tous ainsi, assurai-je. Ou pire.

— Cecil..., évoqua Éléonore Galore en levant les yeux pour observer les ultimes fumerolles qui s'échappaient dans la nuit. Cecil n'est plus Cecil. Son terrible pouvoir l'a dévoré. Oui, dévoré.

Elle marqua une hésitation avant d'enchaîner :

— Va voir Payte Greenlay. C'est le seul qui sache. Il était le troisième larron de la bande avant la guerre. C'était l'âme damnée de Monty.

— C'était l'homme à l'oreille coupée sur la photo ?

— Il purge une peine à la prison de Joliet, près de Chicago, pour escroquerie et chantage. Ce sont les Pinkerton qui l'ont eu. Enfin, c'est ce que disent les journaux.

Daisy Montel me fixa d'un air soupçonneux et s'enquit d'une voix tremblante :

— Les Wardrop possèdent tous un pouvoir. Toi, Neil, quel est le tien ?

Je secouai la tête. Curieuse demande en pareil instant.

— Celui de survivre en dépit de tout, répliquai-je.

12. POKER MENTEUR

Je ne pus m'empêcher de sentir passer un frisson au moment de monter à bord du train Transcontinental à Sacramento, ce monstre à vapeur à bord duquel j'avais connu tant d'aventures marquantes[1]. Deux jours s'étaient écoulés depuis le drame de Telegraph Hill. Je m'étais éclipsé de San Francisco sans alerter personne de ma décision. Ni l'Agence. Ni Gideon. Ni Elly. Lesté pour tout bagage d'une mallette contenant quelques affaires de rechange, je pris place parmi la clientèle huppée qui me dévisagea d'un drôle d'air. Je ne cachai pas mon insigne de Pinkerton. J'en étais fier, et j'adressai un regard sombre à ceux qui me lorgnaient avec trop d'insistance.

Je me rassasiai vite des fabuleux paysages qui défilaient derrière les fenêtres du wagon, des sommets tourmentés de la Sierra aux étendues des Grandes Plaines. Bras croisés sur le torse, mon chapeau melon abaissé sur le nez, je m'efforçai de dormir tout le temps que dura le voyage ou de me divertir avec mon

1. Voir tome 1, *Le Châtiment des Hommes-Tonnerre.*

paquet de cartes. Ainsi je vis à peine passer les jours interminables de ballottement qui me ramenaient vers la côte Est. Le convoi dut s'arrêter pour permettre à un énorme troupeau de bisons de traverser la voie ; puis la présence d'une bande de Cheyennes, qui nous suivaient à distance, reconnaissables à leurs plumes d'aigle, sema l'inquiétude à bord. Voilà les deux seuls incidents notables sur tout le parcours. Les bisons passèrent ; les Indiens renoncèrent à leur filature. Rien n'aurait pu entraver l'avancée du cheval de fer.

Début octobre, je débarquai à Joliet par une magnifique fin de journée ensoleillée, ma sacoche à bout de bras. En ce temps, c'était une petite ville assez morne, un arbrisseau qui s'efforçait de pousser dans l'ombre de ce géant tentaculaire que devenait Chicago situé à une quarantaine de kilomètres plus au nord. Il régnait décidément une chaleur assez inhabituelle pour la saison, et, tout en m'épongeant le front, je sortis de la gare toute neuve pour trouver un cab. Un conducteur qui avait probablement repéré en moi l'étranger de passage m'aborda du haut de son siège en soulevant son galurin avec le sourire du profiteur s'apprêtant à la bonne affaire.

— Cherchez quelqu'un, m'sieur Pinkerton ? Montez, je suis votre homme !

— Conduisez-moi à la prison d'État.

— Pardi, si je m'en étais pas douté ! Quand on voit des Pinks, sauf vot' respect, c'est qu'ils amènent des prisonniers ou viennent en chercher. Deux dollars pour l'aller et le retour, payables d'avance. Surtout à cause du retour.

Le coût était exorbitant, mais après un voyage aussi exténuant que la traversée d'un continent, je n'étais pas d'humeur à marchander. J'embarquai. Et tandis que l'attelage parcourait les petites rues rectilignes, la question qui m'avait taraudé ces jours derniers refit surface. Devais-je informer l'Agence de ma démarche ? Je décidai qu'il était plus prudent de la passer sous silence. Soit le dénommé Greenlay possédait des informations sur Montgomery Wardrop, et je les communiquerais alors en bonne et due forme, soit il n'en avait pas, et il était inutile que je me ridiculise.

Le crépuscule étirait ses encres lorsque les imposants bâtiments en pierre de la prison fédérale surgirent au détour de la route, qu'on eût dit enracinés sur la plaine tapissée d'herbe jaune, à l'écart de la ville. Le mur d'enceinte surplombé par des miradors trapus offrait une impression d'austérité, encore renforcée par les dimensions de l'entrée, juste digne d'une porte de service.

Le conducteur me laissa presque descendre à regret.

— Vous devez avoir une drôle de bonne raison pour pénétrer là-dedans, monsieur Pinkerton ! soupira-t-il.

— Excellente, assurai-je. Je compte vous trouver au retour, l'ami.

— Sûr. Voudriez pas que j'vous abandonne, pas vrai ?

Je frappai à la porte basse et voûtée, préparant ma carte à hauteur du guichet qui ne tarda pas à s'ouvrir, pour laisser apparaître le faciès grincheux d'un planton.

— Agent Galore, pour un dénommé Payte Greenlay. Mission spéciale. J'ai télégraphié pour annoncer ma venue.

Le judas se referma sèchement. J'attendis.

Comme par enchantement, le battant s'entrouvrit juste assez pour me permettre de me faufiler et se referma sèchement dans mon dos. J'avais entendu beaucoup de choses sur ce sinistre pénitencier, qui égalait Sing-Sing pour la médiocrité des conditions de vie des détenus. Ils étaient un millier à coexister ici, sur ces arpents de terre dure, logés dans d'indignes cellules répugnantes de saleté. Une odeur fétide poissait l'air surchauffé saturé de mouches. Un surveillant-chef aux airs de brigand m'attendait de pied ferme dans la cour.

— Agent Galore, me présentai-je.

— À Joliet, on n'a rien à refuser à un agent fédéral, d'autant que la moitié des criminels qui se trouvent ici le sont grâce à vous, les Pinks. Le détenu Greenlay en fait partie. Par ici.

— Et c'est tout ? Vous ne vérifiez pas mes papiers ?

— Vous connaissez beaucoup d'imbéciles qui se vanteraient d'être des agents Pinkerton au milieu d'une population de détenus enragés, fiston ? Suivez-moi.

Il m'entraîna par un lacis d'interminables couloirs rectilignes, juste assez larges pour permettre le passage de deux hommes de front. Ici, pas de silence, mais un vacarme permanent de cris, de plaintes, et par-dessus tout, d'incessants bruits de ferraille et de tintements de clés. Grille que l'on ouvrait et refermait pour aller d'une cellule à l'autre afin d'obtenir un semblant d'ordre. La brutalité légendaire des gardiens de Joliet n'était pas usurpée. Je n'eus qu'à observer la manière dont mon guide invectivait au passage contre les détenus sales et mal rasés, en frappant sur les barreaux avec sa matraque. Il ne se souciait aucunement de ce que je pouvais en penser, et eut même le front d'argumenter.

— À Joliet, c'est ainsi. Pas autrement. Et là-bas, dans la ville, les citoyens apprécient que rien ne change, car il en va de leur tranquillité. C'est cette fichue canicule qui les rend fous. Des semaines que ça dure. Pas une goutte de pluie.

— Que pouvez-vous me dire au sujet de Greenlay ?

— Je supposais que vous en sauriez plus que moi. Il est ici depuis cet hiver. Menu fretin. Escroc, maître chanteur. Il a pris cinq ans. On arrive. Ce sera dix dollars.

Sur ces paroles, il tendit sa main bien à plat.

— Dix dollars pour quoi faire ? m'étonnai-je.

— Vous voulez voir Greenlay, moi je veux dix dollars, c'est comme ça que les choses marchent ici. Droit de visite.

Je me pliai à ce rituel bien compris. Toute faveur se monnayait, et les gardiens arrondissaient largement leur traitement misérable en se compromettant dans toutes sortes de trafics et de services. La taxe acquittée, le chef m'introduisit dans une petite pièce grise aux murs écaillés, privée de mobilier à l'exception d'une table et de deux chaises des plus sommaires. Payte Greenlay fut amené, vêtu d'une camisole de prisonnier noircie de suie, pieds et poings enchaînés. Je m'attendais à rencontrer l'homme de la photo entrevue chez Daisy Montel. J'eus la surprise de me retrouver devant un presque vieillard à larges épaules, les cheveux rares et hirsutes, et la moustache hérissée comme la toison d'un porc-épic. Un bout de son oreille gauche manquait. C'était bien mon homme.

Il prit place en face de moi avec une sorte de nonchalance ironique.

— Je dois être damné, grommela-t-il. Ce sont des Pinks qui m'ont fichu dans cet endroit, et ce sont encore des Pinks qui viennent m'y rendre visite.

— Vous savez donc ce qui m'amène, puisque les nouvelles vont si vite.

Pas question d'essayer de duper ce maître du chantage, bien plus expérimenté que je ne l'étais et qui me considérait tel un professeur de mathématiques scrute son élève indécis devant une équation.

— Je ne pensais pas que M. Pinkerton m'enverrait une jeune recrue, gloussa-t-il. Il doit avoir une excellente raison pour cela. Je connais trop bien ses méthodes.

— Qu'est-ce qui vous fait dire que je suis une jeune recrue ?

— Ah, gamin ! Je sais différencier un veau d'un taureau de combat. Je ne suis pas si décati. Quel est ton nom ?

— Agent Neil Galore.

Greenlay parut médusé, et je crus même voir une lumière de tendresse éclaircir la noirceur de son regard.

— Dis-moi fiston, ta mère ne serait pas cette chanteuse itinérante que j'ai connue dans le temps ? Éléonore, qu'elle s'appelait. Un sacré numéro.

À mon tour déstabilisé, je bredouillai :

— Elle... elle se fait appeler Daisy Montel et vit à présent à San Francisco.

— Et ton père se trouve être Cecil Wardrop, le cadet des frères Wardrop ? Crénom. J'étais là à ta naissance pour ainsi dire. Je faisais partie de la bande des Wardrop à l'époque où nous attaquions les diligences et les convois d'or. C'était avant la guerre de Sécession, oui. Nous étions de parfaites canailles. Est-ce que tu sais que je t'ai pris sur mes genoux quand tu n'étais qu'un tout petit garçon ? Oncle Joe. Tu m'appelais Oncle Joe sans que je sache bien pourquoi. Cela te rafraîchit la mémoire ?

La tournure de la conversation, très inattendue, me mit mal à l'aise, et cependant, j'éprouvai un curieux plaisir à entendre parler de mes parents, de cet ancien temps que je n'avais pas connu. Ce détenu sale et trempé de sueur m'avait-il réellement fait sauter sur ses genoux quand j'étais enfant, ainsi qu'il le prétendait ? Pourquoi aurait-il menti ? Pour moi qui n'avais de ma petite enfance que des images confuses, il m'apportait sans le savoir une sorte de réconfort. Cela me donnait l'illusion d'avoir eu à une certaine époque de ma vie, une existence presque normale. Avant.

Avant d'être abandonné comme un bagage encombrant dans un saloon de Saint-Louis.

— Éléonore..., se remémora Greenlay. Ah, ça fait une paie. Ta mère était une beauté. Elle n'avait peur de rien. Elle nous a même aidés à dévaliser une banque, une fois. On la courtisait tous, mais seul Cecil a eu droit à ses faveurs. Elle a fini par l'épouser, cette canaille. Ouais. Aucun doute. Tu es Neil. Plus je te regarde, plus j'en suis sûr. Crénom. Tu as mal tourné, c'est le moins que je puisse dire.

— C'est ma mère qui m'a conseillé de venir vous voir.

Le mot « mère » m'avait presque écorché la bouche, mais je devais gagner la confiance de mon interlocuteur.

— Parlez-moi de mon père, Cecil. Et de son frère, Montgomery...

— « Dirty Monty », c'est ainsi qu'il se faisait appeler... Dirty le salopard. Il était le chef. De nous trois, c'était le plus enragé. Une bête violente, imprévisible. Il n'est plus le même aujourd'hui. Il a changé. Il fréquente des hommes d'affaires, d'anciens sudistes. Il n'a jamais renié ses convictions, ça non. Il milite toujours pour nos vieilles coutumes. Le retour du vieux Sud. Et la revanche.

— Il a changé d'identité ?

— J'ai l'impression que tu n'es pas seulement là pour parler famille... Je comprends pourquoi le vieux Pinkerton t'envoie toi et personne d'autre. Il s'imagine fléchir mon cœur malade en m'adressant le petit Neil, qui maintenant a bien grandi et mange dans la bauge de ces cochons de Pinks ! Ah ! Il se fourre le doigt dans l'œil.

— Ce n'est pas le directeur qui m'envoie, monsieur Greenlay. Je viens de ma propre initiative. Les frères Wardrop sont recherchés.

— M. Greenlay ! À se faire appeler ainsi on se souvient qu'on est un homme. Seulement ça ne change rien. Tu parles à une tombe.

Je baissai la voix.

— Vous avez conservé un contact avec Montgomery ? Je peux encore arranger les choses. Pour l'instant, il est seulement accusé de complicité dans l'évasion de son frère... Aidez-moi à le retrouver. Apparemment il a changé d'identité. Je peux lui éviter des ennuis. On est du même sang, non ?

— Tu me demandes de balancer mon vieux copain Monty ?

C'est le moment que je choisis pour tirer mon paquet de cartes de ma poche et le battre lentement, comme si ce geste m'aidait simplement à me concentrer. Greenlay me regarda faire, fixa la pointe de ses mauvaises chaussures, et puis lâcha :

— Je n'ai plus rien à voir avec les frères Wardrop. Non, plus rien à voir. Ils possèdent des pouvoirs dont tu n'as pas idée.

— Le Puha, récitai-je. C'est ainsi que l'appellent certains Indiens, cette force spirituelle qui baigne chacun d'entre nous, mais que seuls certains peuvent apprivoiser et utiliser à leur guise. Pour le meilleur ou pour le pire. Dans le cas de Cecil, ce fut toujours pour le pire. Monty est-il comme lui ? Possède-t-il le don de maîtriser cette force ?

— Oui, il le possède, répliqua Greenlay avec un geste d'humeur. Pas comme Cecil, non. Cecil est un cas à part. Un cas terrifiant. Mais la question est de savoir si toi, tu en as hérité.

— Je n'ai rien hérité de mon père. Ni de ma mère. J'ai grandi seul, loin d'eux, vous le savez sûrement. Si on jouait la chose au poker ? Si je gagne, vous me dites ce que je veux savoir. Où se cachent les frères Wardrop, et sous quelle identité, car je sais qu'ils sont près d'ici, à Chicago. Si je perds, vous ne dites rien et je veille à votre transfert dans une prison moins infecte.

N'avais-je pas trop rudement introduit ma proposition ? Pour autant, Greenlay passa et repassa une main sur sa moustache en brosse, hésitant.

— Qui me dit que tu tiendras parole ?

— Un Pink n'a qu'une parole. En revanche, je veillerai à ce que vous respectiez la vôtre, M. Greenlay.

Allait-il tomber dans le piège ? Il soupesait le pour et le contre. Il n'avait probablement jamais parié si gros. Ni moi. Des renards tels que Payte Greenlay suspectent les pièges rien qu'en humant l'air... À mon grand soulagement, sa curiosité fut la plus forte... Ou l'envie de quitter au plus vite le climat de Joliet.

— Je pourrais me faire transférer à Yuma, la prison des courants d'air ? insista-t-il. J'ai des amis làbas, dans le Sud.

— Va pour Yuma.

— Pas de triche, prévint-il. Dis-toi bien que je sais repérer un jeu truqué depuis l'âge de mes sept ans.

— Celui-ci est propre. Tenez. Jugez-en. Je vous laisse battre.

Dès l'instant où il s'empara des cartes pour les mélanger mollement, sans me quitter des yeux, je savais qu'une partie de mon plan se réalisait. Il ne me resterait plus ensuite qu'à les récupérer d'une façon ou d'une autre et de laisser ma « vision » agir. Mon adversaire distribua d'un geste mécanique. Je pris mes cinq cartes, et les disposai en éventail sous le couvert de ma main gauche. Loin de m'attarder sur le brelan de valets qui venait de fleurir sous mes yeux, je tentai de me concentrer sur les impressions furtives du donneur, qui d'ordinaire ne manquaient jamais de m'assaillir.

— Servi, annonçai-je.

— Deux cartes, demanda mon adversaire en refournissant son jeu.

À l'extérieur, le surveillant lorgnait notre étrange partie. J'avais beau rassembler toutes mes facultés, rien n'y faisait. Aucun de ces éclairs qui s'imposaient en moi de manière si violente ne traversait mon esprit. C'était à désespérer quand soudain...

— Full aux as, annonça Greenlay en triomphant. À moi, Yuma !

Mon brelan était vaincu. Je m'apprêtai à récupérer mon jeu quand Greenlay, plus prompt, le ramassa pour le fourrer dans sa poche.

— Je les garde en souvenir, me défia-t-il.

Impossible de réagir, sauf à vouloir les reprendre de force.

— Ok, fis-je comme si cela n'avait aucune importance. Après tout, ce ne sont que des cartes poissardes.

Fin de l'entretien. Le détenu se laissa obligeamment reconduire vers sa cellule, non sans avoir lancé d'une voix stridente.

— Content de t'avoir revu, Neil ! Et n'oublie pas. Un Pinkerton n'a qu'une parole.

13. MAUVAISE RENCONTRE

Accablé de fatigue, je trouvai un hôtel propret dans la Grand-Rue de Joliet, tenu par un couple d'Écossais fraîchement débarqués sur le sol américain. Ils avaient misé sur la proximité de la prison pour faire des affaires, et n'avaient pas tort à en juger par la fréquentation. Une fois pris le repas en commun avec les autres pensionnaires, je me retirai dans ma chambre, une petite pièce située au second étage qui donnait sur une arrière-cour. Triste bilan. J'avais parié. J'avais perdu. Ma manœuvre pour apprendre les secrets de Payte Greenlay avait pitoyablement échoué et c'est au contraire lui qui m'avait percé à jour. Je m'en voulais de ne pas y avoir songé : sa longue fréquentation des frères Wardrop l'avait habitué à assister à certains phénomènes défiant l'entendement. Quant à obtenir son transfèrement... Comme si j'avais l'influence pour obtenir une telle faveur des autorités pénitentiaires ! Et cependant, j'avais engagé ma parole au nom de l'Agence, ce qui n'était pas rien. Je me frictionnai le sommet du crâne avec désespoir. Voilà ce qui s'appelait risquer sa place.

Une fois débarrassé de mon veston poussiéreux, de ma chemise trempée de sueur, je fis quelques ablutions et m'étendis sur le lit en maillot de corps. Un bras replié sur le front, je m'efforçai de trouver le sommeil. Peine perdue. Vers minuit, je crus entendre un concert de criquets. Je mis un certain temps à comprendre que c'était le plancher qui grinçait. Quelqu'un était entré... Je me mis aussitôt en quête de mon petit Derringer. Hélas, le contact glacé d'un canon de Colt 45 posé sur ma tempe m'incita à gentiment me recoucher. Plus question de bouger un cil. Trois individus vêtus de cache-poussière délavés, feutre abaissé sur le front, sortirent de l'ombre pour former un cercle autour de moi. Le plus enveloppé d'entre eux gratta une allumette, dont la lueur furtive éclaira son visage benêt piqué de barbe rousse et frisée.

— Comme on se retrouve, lança Angus Dulles en me couvant d'un regard gourmand.

Il fit passer la flamme de l'allumette à son pouce, puis à ses autres doigts en me prenant à témoin, tel un prestidigitateur fier de son tour qui quête l'admiration de son public. Ses cheveux plus longs et son collier de barbe le vieillissaient un peu, mais n'effaçaient pas pour autant sa physionomie inquiétante d'arriéré mental.

— Je suis si content de te revoir, Neil, m'assura-t-il, et le pire, c'est que sa mine réjouie ne laissait aucun doute sur sa sincérité. Tu as été plus facile à suivre que les traces d'un chariot dans la boue. C'était malin d'essayer de faire parler ce pauvre Greenlay.

— Il n'a rien balancé si tu es ici pour cette raison et je ne suis pas plus avancé.

— Oh, mais je n'en doute pas. Greenlay est trop malin. Il sait que les frères Wardrop ont le bras assez long pour l'atteindre, même au fond de sa cellule. Mais je connais tes dons, Neil. Peut-être as-tu surpris certaines de ses pensées, et que sans le vouloir il s'est confié à toi. Alors je viens m'assurer que tu ne répéteras à personne ce que tu sais.

— Puisque je te dis que je ne sais rien.

— Vous autres, la corde...

En un clin d'œil, ses trois complices me saucissonnèrent si étroitement sur mon lit que je fus incapable de remuer le petit doigt. Dulles s'agenouilla à mon chevet avec la mine pénétrée d'un prêtre qui donne les derniers sacrements.

— À présent, si tu veux t'épargner des souffrances inutiles, confie-toi à ton vieux copain Dulles. Qu'as-tu lu dans l'esprit de Greenlay ?

— Je sais pour la Dernière Aube.

Dulles fronça ses sourcils.

— Larrymore a sûrement trop parlé. C'était la raison pour laquelle je devais m'assurer qu'il ne nuirait plus.

— C'est pourquoi tu étais sur nos traces au lac Okanagan, avec ton petit numéro de valet de pique ?

— Tu as aimé, j'espère. J'ai laissé mes meilleures pensées derrière moi, et je savais que tu les lirais. C'est d'ailleurs là tout ton maigre pouvoir, Neil. Maintenant, dis-moi ce que tu as détecté chez Payte Greenlay. Vous avez joué au poker.

— Tu as des complices à la prison fédérale ? Alors tu sais que ce rusé lascar m'a enlevé le paquet de cartes sans que j'aie rien pu en tirer.

— Sois sérieux. Parle.

Angus considéra la flammèche qui dansait toujours sur son pouce, et il s'amusa à la balader sous mes narines. Je sentis qu'il me fallait parler. Dulles ne paraissait pas pressé. Il savourait la situation, sa supériorité, et la peur qui me faisait transpirer.

— Parle-moi du grand projet de la Brigade, questionnai-je. Nous sommes tellement copains, tous les deux, pourquoi ne pas éclairer ma lanterne ? Où se trouvent les frères Wardrop ? Et qu'est-ce qu'ils mijotent à Chicago ? Qu'est-ce au juste que la « Dernière Aube ». Vas-y. Puisque de toute façon je suis fichu.

Dulles fronça les sourcils.

— Ma parole, je te crois vraiment sincère. Tu ne serais finalement pas si avancé que ça ? Quelle pitié !... Tu vas rater un grand moment d'histoire. Oh, oui, jeune Pink. L'aube où l'Agence Pinkerton connaîtra sa plus grande défaite. Sa pire humiliation. En représailles à ce que tu as détruit dans les monts Klamath.

— Le rituel de l'Ogre Rouge disparu, plus question de transformer des tueurs en membres de ta confrérie de crapules invulnérables. Je comprends que ça t'énerve. Dis-moi un peu, Angus : comment vit-on quand on a perdu son âme ?

— On vit longtemps, répondit mon ennemi rouquin, à la manière de ces grands papillons qui nous prêtent leur pouvoir. Et rien ne peut nous affecter, ni nous atteindre. Ni maladie. Ni fièvre. Ni chagrin. J'espère être toujours là dans un siècle. Je fleurirai ta tombe, Neil. C'est ainsi. Tu aurais dû nous rejoindre. Tu aurais dû. Tu ne sauras jamais quelle opportunité tu as manquée. Ce que tu aurais pu devenir...

— Que si. Je serais devenu une sorte de mort-vivant qu'un Pinkerton aurait tôt ou tard abattu d'une balle Minier. Ce qui t'arrivera, Dulles. La Brigade Pâle n'est pas invulnérable. Tu finiras par t'en rendre compte.

Dulles m'administra une gifle qui me brûla la joue et je trépignai sauvagement sur le lit, rageant de ne pouvoir lui rendre la politesse. Bien vite, je m'immobilisai. Une détestable odeur de fumée emplissait la chambre. Tout en parlant, cette fripouille avait mis le feu aux draps.

— Dommage pour toi, Pink !

Seigneur, ces sales types allaient me griller vivant ! Dulles recula de quelques pas pour contempler la scène en compagnie de ses associés. Et moi, je me démenai tel un dément pour me libérer de ces maudites cordes !

Je désespérais de jamais échapper à mon sort quand tout à coup j'aperçus la porte qui s'ouvrait lentement dans le dos de mes tortionnaires. Et ce que je vis alors me laissa bouche bée. Deux Indiens en chemise claire, la peau très sombre, les cheveux enserrés par des bandanas se tenaient sur le seuil, et tendaient leurs arcs...

14. LE MAGICIEN DANS SA TOUR

Les trois crapules ne sentirent la présence des intrus que lorsqu'il était déjà trop tard... Les dards empennés de noir sifflèrent dans la pièce exiguë avec un bruit de sirène et les deux acolytes de Dulles tournèrent sur eux-mêmes avant d'exploser comme des poteries. Sidéré, mon tortionnaire comprit qu'en face de tels adversaires, l'affrontement tournerait à son désavantage. Il poussa un couinement inhumain et, avant que les Peaux-Rouges n'encochent de nouvelles flèches, se précipita par la fenêtre. Il disparut dans le vide dans une gerbe de verre brisé. L'un de mes énigmatiques sauveurs s'approcha de mon lit et coupa la corde qui m'y retenait attaché. Aussitôt, je me levai d'un bond pour me pencher dans la cour. Quelques éclats de vitre jonchaient le sol poudreux, mais il ne subsistait aucune trace de Dulles. Je savais d'expérience que ce n'était pas une chute de quelques mètres qui pouvait avoir raison de lui...

Comme je me retournai, un nouveau personnage, vêtu d'un manteau gris et d'un chapeau haut de forme assorti, fit son entrée, un gentleman de belle allure, portant barbiche, que je reconnus aussitôt. De sa canne à pommeau doré, Leonard Price, directeur de la Branche Spéciale de l'Agence, esquissa un geste à l'adresse des deux Indiens et ceux-ci se retirèrent aussitôt furtivement, sans un mot. Il prit le temps d'allumer un cigarillo dans le creux de sa main avant de me dévisager avec une expression impassible.

— Vous auriez dû surveiller vos arrières, agent Galore. Sinon, le plan était bien pensé. Même s'il a échoué. Car vous n'avez rien tiré de Payte Greenlay, je suppose ?

— Non, en effet. Merci d'avoir attendu la dernière minute pour me venir en aide, monsieur Price, répliquai-je. Comment saviez-vous que j'étais ici ? Et qui sont ces Indiens ?

— Galore, imaginez-vous sérieusement que l'Agence ne possède aucun informateur susceptible de nous tenir informés de vos démarches, et de vos initiatives ? Y compris à la prison fédérale de Joliet, où votre télégramme est arrivé hier ? Quant à ces Indiens, ce sont des Apaches qui me sont dévoués corps et âme. Des tueurs de sudistes renégats.

Je retirai les flèches plantées dans les deux manteaux vides qui jonchaient le plancher, éparpillant la cendre des mercenaires infernaux.

— Des pointes d'argent ? notai-je en écrasant sous mon talon les montres à gousset des disparus.

— Les balles Minier ne sont pas seules à être efficaces, remarqua Price avec un sourire. C'est ce vieux renard de Calder Weyland qui vous a appris, pour les montres, n'est-ce pas ? Je ne crois pas que cela ait si grande importance de les détruire, mais il en sait probablement plus long que moi encore sur la Brigade Pâle. Il m'a précédé à la tête de la Branche Spéciale. C'est un maître, et il faut respecter les maîtres.

Et vous, agent Galore, vous allez devoir rendre des comptes à Chicago. Le patron veut vous voir. Demain soir, au siège, à huit heures. D'ici là, je vous conseille de prendre quelques heures de sommeil.

Sur ce bon conseil, il me salua avec cette courtoisie un peu hautaine qui était sa marque et s'esquiva.

J'arrivai en fin d'après-midi à Chicago par un temps sec et une température déjà élevée. J'eus plaisir à revoir cette ville magnifique et trépidante, n'étaient-ce les circonstances défavorables qui m'y ramenaient. C'était une ville selon mon cœur : des cris, des bruits et de la fumée ! Tout comme l'Agence, la cité du lac Michigan ne dormait jamais et le fameux symbole de « l'œil ouvert » aurait tout aussi bien pu lui convenir. Toujours en éveil, en effervescence : bureaux, écuries, magasins se disputaient le moindre emplacement sur les avenues rectilignes où se bousculaient piétons et calèches. Les restaurants, théâtres et maisons de jeu regorgeaient de monde à toute heure.

Rien de moins qu'une nouvelle civilisation était en train de naître ici. Les prémices de ce que serait le siècle à venir, quand l'Ouest sauvage, les tribus indiennes, les troupeaux de bison errant librement sur les prairies, ne seraient plus que des vestiges pittoresques d'un autre âge. Ces totems de brique qui élançaient leurs angles impeccables dans le ciel de l'Illinois étaient destinés à supplanter toutes les autres croyances, à commencer par celles des divinités ancestrales de ceux que l'on nommait encore « Peaux-Rouges ».

Peu avant huit heures, un fiacre me déposa aux 151 de la 5e Avenue, siège de l'Agence situé au cœur du Quartier des Manufactures, ruche bruyante et enfumée où les rues elles-mêmes avaient du mal à se frayer un passage entre grandes filatures, fabriques de mobilier, voie ferrée et lotissement résidentiel. Je m'étais déjà rendu au prestigieux siège de l'Agence Pinkerton, mais pas plus que la première fois je ne fus rassuré en passant la porte vitrée flanquée de « l'œil ouvert ». Ainsi que je l'avais précédemment remarqué, le vestibule d'aspect sévère, de taille modeste, ressemblait davantage à celui d'un poste de police qu'à une agence dont les ramifications s'étendaient dans presque tous les États. Le portrait en pied du directeur, brossé à larges traits de couleur, était toujours là. En tenue de ville, une main passée dans l'échancrure de son gilet, à la façon de Napoléon, il surplombait le visiteur d'un regard sombre et soupçonneux...

À mon grand étonnement, Leonard Price m'attendait.

Sans un mot, il me précéda dans l'escalier ; chaque employé qui nous croisait, qu'il s'agisse de simples secrétaires ou de détectives, s'écartait craintivement de son passage. Couloirs et bureaux bruissaient d'une activité fiévreuse malgré l'heure tardive. L'air était saturé de relents d'encre et de tabac. Le directeur de la Branche Spéciale m'orienta au fond d'un couloir au dernier étage et poussa l'imposante porte molletonnée sans se faire annoncer. À notre entrée, Allan Pinkerton se trouvait à son bureau, brassant une foule de notes, des bésicles en équilibre sur son nez. J'avais souvent rêvé de cet endroit, l'imaginant comme le centre mystérieux de cette toile d'araignée policière qui s'étendait dans tous les États de l'Union. Rien de tel. Les fenêtres ouvraient sur l'effervescence du 27e district. La pièce elle-même était de taille modeste avec quelques photographies au mur ainsi que moult récompenses dûment encadrées, le drapeau américain, et des piles de dossiers, en équilibre sur d'autres piles, partout. Austérité, efficacité. Aucune fioriture.

La cinquantaine bien sonnée, ce qu'attestaient les filaments blancs qui parcouraient ses cheveux courts, Allan Pinkerton était au faîte de son art et de son pouvoir. Trapu, large d'épaules, la barbe brouillonne, il ne faisait rien pour cacher ses origines populaires. Il n'était pas de ceux qui apprennent à marcher et se tenir dans le monde en singeant devant des miroirs. La brutalité qui émanait de son visage épaté, mais aussi de toute sa personne, appartenait à son personnage et servait son dessein. Il en imposait à tous, jusqu'au président des États-Unis disait-on, qui n'aurait jamais discuté l'un de ses avis. Tout ce qu'il avait appris, Pinkerton ne l'avait pas puisé dans les livres, mais dans ce puits de science intarissable qu'offre la vie dans la rue. Au fond des ruelles tordues et des arrière-boutiques crapuleuses...

Ancien tonnelier, ancien garde du corps, ancien convoyeur, ancien shérif, il avait eu tout le loisir d'étudier là les méandres de l'âme humaine jusqu'en ses replis les plus immondes. Il me fixa sans un mot. J'ai souvent décrit l'effet que produisait son regard quand il se posait sur quelqu'un, ce sentiment d'infériorité qui vous saisissait alors. Pourtant, cette fois, je choisis de soutenir son éclat sans me dérober. J'avais l'intention d'affronter le dragon. Il n'était pas question de me faire mettre à la porte sans défendre mon point de vue.

— Vous avez mis le temps, Galore.

Je m'attendais à une tout autre amorce.

— Le temps, monsieur ?

— Celui de vous rendre compte que Daisy Montel ne vous avait sans doute pas tout dit sur ses relations avec les frères Wardrop et d'admettre qu'elle était probablement votre mère. Le temps pour la retrouver et l'interroger à nouveau... Encore que je comprenne vos scrupules au regard de vos liens de parenté.

— Ils n'ont pas influencé mon enquête, monsieur. J'ai envoyé des rapports. J'attendais des instructions et aussi...

— Ma parole, me coupa durement Pinkerton, vous me prenez pour votre directeur de conscience ? Votre confesseur ? Vous attendez de moi que je vous berce ? Un Pinkerton enquête seul. Il improvise, il s'adapte. Un obstacle vient-il lui barrer la route ? Il doit imaginer un moyen de le contourner ou de l'abattre. Cela lui revient à lui et à lui seul. Si vous avez conservé votre insigne et perçu votre solde durant ce temps, c'est que j'avais foi en vous. J'étais persuadé que vous renoueriez les fils. Dites-moi seulement si j'avais raison ?

Leonard Price prit place sur un canapé miteux disposé dans un coin, tirant sur l'un de ses petits cigares comme s'il se désintéressait de la conversation. J'aurais dû m'en douter. À aucun moment, l'Agence ne m'avait perdu de vue. Utilisant témoins ou informateurs, jusqu'au sein de la prison de Joliet, elle avait été informée du moindre de mes déplacements. De la moindre de mes initiatives.

— Je ne lâche jamais une piste, déclarai-je. Il y avait une chance de retrouver Larrymore, je l'ai saisie. Cela a pris des semaines, mais sans cette expédition, nous n'aurions pas appris que la Brigade Pâle préparait un complot d'envergure. Ensuite, j'ai pensé à interroger ce Greenlay, l'ancien de la bande des Wardrop. Je pensais deviner ses pensées en jouant au poker avec lui, mais il s'est douté de quelque chose. Il a subtilisé le paquet de cartes. Je n'ai rien pu voir.

— Vraiment rien ? interrogea Pinkerton avec insistance.

— Deux images brèves.

— De quelle sorte ? interrogea Price en soufflant la fumée bleutée de son cigarillo vers le plafond.

— C'est ridicule, et cela n'a probablement rien à voir avec l'affaire, mais... J'ai cru voir... Des chevaux de bois. Et aussi... Des draps étendus sur une corde à linge.

— Voilà ce qui s'appelle une piste, grinça Pinkerton. Greenlay a été arrêté par nos services l'hiver dernier pour tentative de chantage. Rien. Une broutille. Pourquoi saurait-il quoi que ce soit au sujet de la « Dernière Aube » ?

— Vous avez donc lu mes rapports, notai-je, acide. Je suis certain que Greenlay n'a pas coupé les ponts avec les frères Wardrop, qu'il sait où ils se cachent, et aussi quelle nouvelle identité porte « Dirty Monty ». De là à imaginer qu'il est aussi informé de leurs plans, il n'y a qu'un pas.

— Nous ratissons Chicago depuis des semaines, soupira Pinkerton, sans succès. Nous savons que l'aîné des Wardrop se trouve ici. À quoi ressemble-t-il ? Qui est-il ? Nous avons remué ciel et terre pour le savoir, en vain. J'avoue que nous n'avions pas songé à Payte Greenlay. Bien sûr, il existe des tortures apaches qui feraient parler cet escroc, mais elles comportent des risques.

Il avait énoncé cela avec une froideur qui en disait long sur ses méthodes autant que sur son absence de scrupules quand il s'agissait d'obtenir des résultats. Il se mit à fouiller dans la paperasse étalée devant lui et me tendit un vieil avis de recherche fédéral ainsi que l'attestait le cachet présent au bas du feuillet.

« *Wanted.* Meurtre, tentative de meurtre et vol à main armée. Les frères Wardrop : Cecil, brun, sourcils épais, 1,78 m, maigre, et Montgomery, dit "Dirty Monty", 1,82 m, cheveux châtains, yeux noirs ; signe distinctif : bosse du tireur au pouce gauche. »

— Une déformation typique des tireurs d'élite, nota Pinkerton.

— De ceux qui s'exercent au moins deux heures par jour, complétai-je. J'ai eu un marchand d'armes pour professeur. Cet avis de recherche date de 1849, émis par la cour des Territoires du Dakota...

— L'année présumée de votre naissance, si je ne me trompe, du moins selon mes recoupements.

Je restai de marbre devant cette assertion, ne souhaitant en aucune façon mêler mon passé plus que nécessaire à l'enquête. Les deux portraits approximatifs figurant sur l'avis, dessinés au fusain d'après témoignages, qui illustraient ce sinistre inventaire, correspondaient aux photographies que j'avais entrevues chez Daisy Montel.

— Il faudrait surtout savoir à quoi il ressemble aujourd'hui, songeai-je.

— J'ai mis des dessinateurs sur le coup, annonça Pinkerton. Mais il pourrait s'abriter derrière l'identité de n'importe lequel de nos notables... Il paraît qu'il s'est enrichi dans le trafic d'armes après la guerre...

Je coinçai mes pouces dans les échancrures de mon gilet rayé, et sans y penser, je me mis à faire les cent pas en torturant mes neurones. Pourquoi avais-je l'impression d'être passé à côté de quelque chose ?

— C'est à Chicago que la Brigade Pâle portera son coup, présumai-je. Ce sera violent, inattendu, de grande ampleur. La Dernière Aube... C'est ici qu'elle se lèvera. Nulle part ailleurs.

Cette idée plongea apparemment Pinkerton dans un abîme de perplexité. Il quitta son fauteuil pour s'approcher de la baie vitrée et considéra le panorama enfumé de la cité à ses pieds en étendant ses bras dans la posture d'un démiurge, d'un magicien, qui d'un seul geste eût été capable de tout faire disparaître.

— L'Agence n'a jamais été tenue en échec, énonça-t-il, et j'entends que cela continue. Chicago est un nid de vipères, un foyer de criminels comme on en rencontre peu sur terre. Elle s'est bâtie contre nature, sur des marécages et des sols instables et j'ai parfois le sentiment qu'elle paiera longtemps cette faute originelle. Mais je l'aime. Elle m'a accueilli. Cette ville possède une conscience. Elle sait ce qui est juste. Ce qui est réellement américain.

Il marqua un temps, comme s'il s'était parlé à lui-même plutôt que de nous prendre à témoins. À cet instant précis, deux coups furent frappés à la porte et le clerc qui officiait à la réception pénétra dans la pièce.

— Monsieur le Directeur, un message de M. le Maire.

— Que nous veut-il, ce bonimenteur ? s'interrogea Pinkerton en dépliant le papier.

À sa lecture, il parut songeur. Il prit son veston accroché au portemanteau.

— Cette canaille veut me voir... Leonard, vous repartez pour Salt Lake City ?

— Ce soir même, Allan, confirma le chef de la Branche Spéciale. Cette vieille histoire de trésor maudit dans la Sierra Madre a refait surface.

Pinkerton hocha la tête et pointa alors son index en direction de mon estomac.

— Alors vous m'accompagnez, agent Galore.

15. ORAGE AU *BLUE DIAMOND*

Alors que je m'attendais à ce que la voiture affrétée par le directeur se dirige vers l'hôtel de ville – destination logique pour rencontrer un maire, fût-il celui de Chicago – elle plongea tout au contraire parmi les ruelles maussades du Patch, où l'extrême misère côtoyait le luxe flamboyant des cabarets et des maisons de tolérance. Comme j'en demandais la raison à Pinkerton, celui-ci me répondit d'un air songeur, le menton appuyé sur le pommeau de sa canne :

— À cette heure, notre maire tient conseil dans un tripot. C'est dans ses habitudes avant de rentrer chez lui jouer les bons pères de famille. Il a horreur de me rencontrer de façon formelle dans ses bureaux, et d'avouer ainsi avoir besoin de mes services. Il ne me porte pas dans son cœur. Il sait que je l'ai à l'œil. En permanence, lui et sa clique de politicards. Vous devez savoir une chose, Galore : à Chicago, les seuls à nous détester plus que les criminels sont les policiers corrompus. Et ils sont plus nombreux que des crapauds dans une mare.

Pinkerton écarta légèrement le rideau, puis lança d'un ton nonchalant.

— Calder Weyland n'est plus à vos côtés ?

— Il accomplit une sorte de retraite chez ses amis Païutes, répondis-je.

— Le Puha... murmura Pinkerton. La force originelle. C'est un maître en la matière, même s'il ne l'admettra jamais. Je regrette que nos routes se soient séparées, Calder et moi. Je n'ose imaginer ce que l'Agence serait devenue avec son concours. En particulier la Branche Spéciale. Malheureusement, il déteste les longues planques, les filatures, et plus encore les bureaux enfumés. C'est un indécrottable coureur de pistes, voilà tout...

La vérité, je la tenais de la bouche même de Weyland... mais je me serais bien gardé dans ma position de contrarier la version de M. Allan Pinkerton.

— Nous voici arrivés, annonça-t-il.

Nous étions dans Randolph Street, lieu de damnation éternelle selon quelques prédicateurs, où l'ouvrier autant que le bourgeois venaient s'encanailler après une journée de travail. Un défilé incessant de calèches et de voitures fermées alimentait ce creuset de violence et de dépravation, jusqu'à l'omnibus qui déversait son flot de joueurs et de canailles. Le *Blue Diamond* occupait sans complexe un immeuble à façade victorienne. Son enseigne tape-à-l'œil, ses vitrines gravées « à la parisienne » donnaient le ton de ce paradis de pacotille. À peine étions-nous descendus de voiture que des coups de feu claquèrent dans une ruelle à quelques pas de là, dans l'indifférence générale. Ma main se porta naturellement à mon gilet, où dormait mon deux coups, mais mon supérieur contint mon geste.

— Laissez. Cela ne nous regarde pas.

— Est-ce que nous ne sommes pas supposés faire régner la loi et l'ordre ? m'étonnai-je. Surtout dans ce quartier ?

Mon indignation rentrée fit s'ébaucher un sourire sous la barbe de Pinkerton.

— C'est ce que j'aime avec la jeunesse : la candeur. Il vous reste à apprendre, Galore. À toute grande ville, il faut des égouts. Choisissez : offrez-leur un caniveau ou laissez-les se répandre partout. L'Agence laisse le Patch tranquille. Je ne blâme pas les faiblesses humaines. C'est la seule chose que nous ayons équitablement en partage. Mais certains les dominent. D'autres pas. Pour ceux-là...

Fort à propos apparut sur le seuil de l'établissement un gandin haut en couleur, tiré à quatre épingles, cheveux plaqués sur le front en ailes de corbeau et moustache fine. Il nous accueillit l'échine courbée avec toutes les marques de déférence que l'on doit à de grands personnages.

— Monsieur Pinkerton, j'ai été prévenu. C'est un grand honneur. Nous avons si peu l'occasion de vous recevoir.

— Parce que je n'ai arrêté personne chez vous dernièrement, Jim, rétorqua le directeur.

— J'espère que ce n'est pas la raison de votre présence ce soir...

— Vous savez bien que non puisque vous m'attendez sur le trottoir. Agent Galore, je vous présente James O'Leary, le patron. Un Irlandais qui s'est fait à la force des poignets et à la pointe du couteau.

Comme l'interpellé faisait mine de s'en défendre, Pinkerton acheva la description de sa fiche signalétique :

— Vol, proxénétisme, trafic en tous genres... Par bonheur, sa vieille maman catholique possède encore un peu d'influence sur lui. Ce qui lui a évité le pire. À ce propos, comment va-t-elle, Jim ?

— Vous la connaissez, monsieur Pinkerton. Elle refuse mon argent et travaille toujours dans sa blanchisserie.

— Un sacré bon travail, d'ailleurs. Galore, si vous avez besoin de chemises bien repassées... M. Qui-Vous-Savez est-il déjà arrivé, Jim ?

— Il vous attend au petit salon, monsieur Pinkerton.

Depuis l'enfance, j'avais abondamment fréquenté des endroits tels que le *Blue Diamond.* Les cartes marquées, les roulettes truquées, les filles court vêtues accrochées au cou des joueurs en goguette, les vieux airs égrenés au pianola, tout cela m'était familier. Pourtant, le cabaret de James O'Leary avait quelque chose en plus que tous les établissements que j'avais déjà visités, une sorte de faste canaille qui tenait aux larges miroirs, aux plantes exotiques, aux peintures suggestives ornant murs et plafonds. Les lustres ruisselaient de cristal, les tables aux nappes d'un blanc immaculé étaient surchargées d'argenterie. Tout concourait à donner l'illusion d'un paradis où il ne coûtait rien de se laisser aller. En apparence.

Précédés par le maître des lieux, nous nous frayâmes un passage parmi cette faune, jusqu'à un épais rideau de velours vert eau sévèrement gardé par deux hommes en frac. Ce barrage franchi, nous fûmes guidés à travers un large escalier d'acajou où nous croisâmes nombre de bourgeois accompagnés d'une ou deux créatures de rêve. En reconnaissant le redoutable directeur de l'Agence, beaucoup d'entre eux blêmirent et tentèrent de dissimuler leur visage, ce qui fit bien rire l'intéressé.

— Ils s'imaginent sûrement qu'ils ne sont pas encore dans mes fiches, ricana-t-il. Ils se trompent.

L'atmosphère du salon à l'étage était bien différente de celle du rez-de-chaussée, plus luxueuse encore, mais bien plus feutrée. L'odeur du tabac chic se mêlait à celle de la cire. On entrait dans le grand monde, ici, un monde interlope où il n'était pas rare de voir le notable converser avec la canaille, les politiciens de bords opposés fraterniser dans les vapeurs d'opium, et les juges cajoler des jeunes femmes très compréhensives. Ici, on s'entretenait des cotations en Bourse, des paris, on commentait les ragots. Entre soi.

Nous fûmes conduits à l'extrémité d'un couloir lambrissé, orné de portraits sans talent, probablement ceux de personnalités influentes qui avaient pris leurs aises dans ces méandres crapoteux. Là, un petit salon offrait un havre plus luxueux encore, baigné par des lumières diffuses. À peine si le vacarme du rez-de-chaussée était encore audible. Un homme de forte corpulence occupait toute la largeur d'un sofa de style anglais. Face à la porte, cheveux blancs coiffés à la louche, favoris ébouriffés colonisant des joues flasques. Rosswell B. Mason en personne, le maire récemment élu de Chicago, siégeait en monarque absolu. Deux personnages lui tenaient compagnie dans des fauteuils proches, peut-être des conseillers ou des avocats.

C'est peu dire qu'Allan Pinkerton ne parut guère impressionné par cet aréopage.

— Bonsoir Rosswell, lança-t-il avec familiarité. Bonsoir messieurs. Quelle urgence y a-t-il pour m'avoir fait déplacer dans ce claque ?

— Bonsoir Allan, répondit l'édile. Je ne vous offre pas un Cognac, je sais que c'est contraire à vos principes quand vous êtes de service. Car vous êtes de service, n'est-ce pas ?

— Chaque heure de chaque journée, Rosswell, assura Pinkerton.

— Cigare ?

— Pas davantage.

— Je sais que vous en fumez en cachette.

— Pas en cachette, Rosswell. Dans mon intimité. C'est différent.

— Fichue chaleur. À peine si on peut encore respirer. Il fait si sec qu'on finira par vider le Lac Michigan à force d'arroser les rues. Je donnerais trois mois de mon mandat pour un bon orage !

— Ne me tentez pas, grinça Pinkerton. Je suis un peu sorcier.

— Quel est ce fier jeune homme à vos côtés ? éluda Mason.

Il avait pris soin de me détailler de la tête aux pieds avec un air soupçonneux, comme s'il craignait que ma présence constitue une menace.

— C'est l'Agent Galore, annonça mon supérieur. Un homme de confiance. Si on coupait court aux mondanités, Rosswell ? Mon temps est compté et vous savez que je n'ai pas comme vous le goût des lieux de perdition.

— Soit, acquiesça le maire sur le même ton sans complaisance. Toujours aussi direct. Alors un seul mot : rumeur. Je veux qu'elle cesse, car je sais que vous en êtes à l'origine. Celle qui prétend que la sécurité de ma ville serait menacée, qu'un complot d'envergure serait en marche...

— Ce n'est pas une rumeur. Le danger est imminent, Rosswell, mes informations sont fiables. Nous avons affaire à un gang prêt à tout pour semer la terreur à Chicago. C'est la raison pour laquelle j'ai contacté le chef de la police afin que ses services redoublent de vigilance. Il m'a ri au nez.

— Je suis à peine étonné. Nos braves fonctionnaires vous détestent, Allan, c'est un fait. Vous et vos... sbires.

— La raison est simple. Mes « sbires », comme vous les nommez, sont incorruptibles. Une vertu peu partagée dans vos services.

Les deux hommes se jaugèrent du regard, tels deux fauves refusant de céder un pouce de terrain.

— Ces trouble-fête seraient d'anciens sudistes, niant leur défaite, prêts à semer le chaos et déstabiliser le Président Grant ? lança le maire.

— C'est mon avis.

— Allons, Allan, la guerre est finie, et je ne crois pas à de telles foutaises. Avouez. Vous voulez vous faire de la publicité à peu de frais en semant la crainte et étendre votre influence ?

Un feu sombre illumina les prunelles de Pinkerton sous ses sourcils broussailleux.

— Rosswell, vous occupez votre fauteuil de maire grâce à mon bon vouloir. Un mot de moi et le Parti des Citoyens que vous représentez pourrait se choisir un autre candidat la prochaine fois. Un candidat plus discret, qui retrouve son foyer après sa dure journée de labeur, et non ce bordel de luxe.

Dans la bouche d'Allan Pinkerton, la menace prenait le sens d'un séisme à venir et Mason ne s'y trompa guère. Sa lèvre trembla, son teint vira au pourpre.

— Allan, vous avez de ces mots ! s'étouffa-t-il. Ce... ces menaces vous paraissent-elles sérieuses à ce point ?

— Demandez-le à l'agent Galore, ici présent. C'est lui qui est en charge du dossier. Il traque ce gang, qui se fait appeler la Brigade Pâle, depuis deux ans maintenant...

Je ne pensais pas intervenir à un quelconque moment dans la conversation, et tandis que les regards se tournaient vers moi, je sentis ma gorge se dessécher.

— C'est un groupe dangereux, formé d'on ne sait combien de membres, résumai-je. Une véritable secte dotée de moyens financiers considérables. Ils ont utilisé une machine volante l'an passé pour libérer leur chef d'Alcatraz. Pour l'essentiel, ce sont des fanatiques sudistes, qui n'ont jamais rendu les armes après la fin de la guerre et n'ont qu'une idée en tête, rétablir leurs principes et leurs privilèges, à commencer par le rétablissement de l'esclavage. Ils ont à leur tête deux frères, deux anciens voleurs de diligence, Cecil et Montgemery Wardrop, et comme tueur principal un rouquin, un pyromane appelé Angus Dulles. Ils sont prêts à frapper un grand coup, c'est certain. Le pire, c'est qu'ils sont dotés de facultés réellement hors du commun et...

Devais-je révéler la nature très particulière de nos adversaires ? Le regard que m'adressa Pinkerton m'en dissuada. Devant mon embarras, le maire fronça ses sourcils neigeux.

— Ne me dites pas que ce sont des fantômes ou ce genre de sornettes ? interrogea-t-il avec une pointe d'inquiétude. Seriez-vous de la Branche Spéciale, cette élite de surdoués dont parlent les journaux ?

— Rosswell, démentit Pinkerton en venant à mon secours, ne soyez pas ridicule. Vous savez pertinemment que la Branche Spéciale est une invention de journaliste. Nous utiliserions des agents doués de pouvoirs particuliers pour résoudre des cas surnaturels ? Est-ce bien sérieux ? Non, mais Galore parle en expert. Il a pisté ces fripouilles jusqu'en Colombie-Britannique.

Prenez mon avertissement au sérieux, c'est tout ce que je demande. Vigilance. Surveillance. Espionnage. C'est avec ces principes simples que nous avons fait basculer l'issue de la guerre de Sécession. À vous revoir, messieurs. Entiers.

Sur ce salut on ne peut plus glaçant, Pinkerton prit congé en m'entraînant à sa suite. O'Leary patientait dans le couloir et nous salua avec la même déférence qu'à notre arrivée. En passant devant lui, j'eus l'impression qu'il désirait me dire un mot, à l'écart, mais la présence de mon directeur le fit renoncer. Nous retrouvâmes la chaleur éprouvante du dehors, qui ne faiblissait pas en dépit de l'heure avancée de la soirée. Sur le bord du trottoir, Allan Pinkerton tira ostensiblement un cigare de son étui et l'alluma pour en tirer une bouffée qu'il cracha avec rancœur en direction des lampions de l'établissement.

— Ces beaux messieurs ne lèveront pas le petit doigt, augura Pinkerton. Ils ne seraient pas contre un échec de l'Agence, qui leur permettrait ensuite de me dénigrer dans la presse. Et qui sait, de me chasser de Chicago...

— Peut-être fallait-il dire toute la vérité au sujet de la Brigade Pâle ? avançai-je. Le maire aurait mieux compris la nécessité de...

— Vous n'y pensez pas ! coupa Pinkerton. Et avouer au commun des mortels qu'il existe des hommes intronisés par un rituel indien, doués d'une longévité étonnante et d'une résistance hors du commun ? Pourquoi ne pas admettre aussi la réalité de la Branche Spéciale ?

— Puisque les journalistes en font leurs manchettes ! Qu'est-ce que cela changerait ?

— Galore, Calder Weyland vous a peut-être appris à piéger des opossums dans la forêt et à renifler le vent pour prévoir la pluie, mais visiblement, il ne vous a pas initié à la politique et moins encore à ce que doit être l'efficacité d'une police comme la mienne. La Branche Spéciale tient son aura du mystère dont elle s'entoure. Que ces satanés journalistes écrivent donc ce qu'ils veulent, et avec eux ces romanciers en mal d'inspiration. Tant mieux. Tous ces... ces « fictionnistes ! » Pourtant, ils servent notre cause sans le savoir. Qui les croit vraiment ? Et ce faisant, enchaîna-t-il, ils jettent un doute sur notre existence. Et le doute est une arme. Il empêche nos adversaires de nous déchiffrer. Nous sommes en guerre, agent Galore. En guerre contre le crime, quelque forme qu'il prenne. Et pourquoi ? Afin que ce pays encore si jeune, si vulnérable, devienne un jour un géant.

Conscient d'avoir peut-être trop dévoilé sa pensée profonde, Pinkerton laissa passer un silence, puis assez curieusement, glissa sur le mode de la confidence enjouée.

— Moi aussi j'ai écrit un roman, vous le saviez ? Et il a été publié. J'aime écrire des aventures policières. C'est ma marotte. Mon violon d'Ingres, disent les Français.

Il n'attendait aucun commentaire de ma part, et je me serais bien gardé de m'y risquer. Il monta à bord de la voiture sans m'y convier.

— Prenez vos quartiers à l'hôtel Palladium. Les agents de passage ont coutume d'y descendre. Ah, j'ai failli oublier...

Il me tendit un petit paquet ficelé avec une cordelette de chanvre.

— Pour vous. Ne l'ouvrez que lorsque vous serez reposé, précisa-t-il. Pas avant. Il faut savoir ménager ses talents.

Sur ces paroles, il donna le signal du départ et je restai en plan sur le bord du trottoir, un peu dépité. Je fourrai le paquet dans ma poche en me promettant d'y jeter un œil plus tard. Pour l'instant, mes paupières se fermaient seules après tant de mauvaises nuits. Je n'avais qu'une envie, m'écrouler dans un lit confortable. Je hélai un cab qui se donna la peine de s'arrêter devant moi.

— Hôtel Palladium, lançai-je au cocher. Et bonne nuit, Chicago.

16. LE MANÈGE QUI NE TOURNAIT PAS ROND

Situé à quelques rues de l'Agence, l'hôtel Palladium était une pension pour célibataires d'excellente réputation. La tenancière, une grosse femme stricte, adepte d'une ligue de tempérance, y veillait avec la sévérité d'un dragon. Je signai le registre, versai un dollar d'avance et la démarche mal assurée, je pris possession d'une petite chambre qui ouvrait sur une rue pavée. C'est le vacarme d'une bagarre au-dehors qui me tira du lit aux alentours de cinq heures du soir. Deux attelages de livraison s'étaient emmêlés et les conducteurs avaient sauté de leur siège pour régler le différend à coups de poing. Rien de bien nouveau. Je me frictionnai le crâne en laissant retomber le rideau. Le miroir me renvoya une mine tirée et des yeux rougis. Après une toilette bienvenue, j'enfilai une chemise propre, mon costume rayé et glissai mon pistolet Derringer sous ma ceinture. J'en avais oublié le paquet que m'avait remis Allan Pinkerton la veille...

Sitôt que j'en défis la cordelette, je sentis une étrange sensation m'envahir.

Il s'agissait d'un paquet de cartes. Pas n'importe lequel : celui, j'en étais certain, qui m'avait servi pour mon pari stupide à la prison de Joliet, celui que Payte Greenlay m'avait subtilisé. Par quelle manœuvre l'Agence avait-elle réussi à le récupérer ? Par quelles complicités ? Empli d'espoir, je m'assis sur le rebord du lit et retournai les figures les unes après les autres sur l'oreiller. As, neuf, valet... J'eus beau faire, rien ne me vint à l'esprit. Aucune intrusion. Aucun flash. Le jeu était pourtant resté un certain temps en possession de Greenlay. Des bribes de ses pensées auraient dû m'apparaître, telle l'empreinte d'un pouce dans la cire molle. Je me concentrai de toutes mes forces, mais une sorte de barrière se dressait devant moi, assez haute pour m'empêcher de distinguer ce qui se trouvait de l'autre côté. Pas même un cheval de bois, ni un caleçon flottant sur une corde à linge. Désespérant. J'en vins à la conclusion que le problème venait peut-être de moi. Mon précieux don déclinait-il ? C'était à lui et à lui seul que je devais d'avoir été embauché par la Branche Spéciale. J'étais dans de beaux draps si par malchance il me fuyait.

Je finis par renoncer. Plus tard, peut-être. J'abandonnai les cartes et décidai de partir en balade, mon galurin enfoncé jusqu'aux sourcils. Au coin de Madison, je grimpai à bord d'un omnibus tiré par une pauvre carne bien fatiguée. Alors que je prenais place sur les bancs en bois, en face de citadins pressés de regagner leurs pénates à cette heure de la soirée, un petit homme au museau chafouin, aux joues grêlées fit son apparition, une liasse d'affiches à la main, et se mit à faire l'article sur un ton de bateleur.

— Mesdames, Messieurs, venez vous divertir à la fête foraine ! Visitez nos extraordinaires attractions et, pour la première fois sur le sol américain, découvrez le manège des Merveilles. Oui, celui-là même qui a fait rêver toute l'Europe, et maintenant arrive dans nos contrées ! Tenez, tenez, pour vingt cents, l'illusion, que dis-je, la magie d'être ici, et cependant ailleurs.

Être ici, et cependant ailleurs... Cette curieuse formule me fit détourner les yeux de la pointe de mes chaussures pour les lever vers le forain. Il me tendit sa publicité imprimée avec un sourire gouailleur.

— Nous avons tous conservé notre âme d'enfant ! Venez vivre de folles sensations sur le manège des Merveilles, le clou des expositions universelles en Europe. Oui, chez vous, sur les bords du lac Michigan, comme une perle déposée par les courants ! Venez ! Le premier tour est gratuit sur présentation de cette invitation !

Alors que je détaillai l'affichette, j'éprouvai un choc. Le manège. Les chevaux de bois... J'esquissai un geste pour retenir le camelot, mais celui-ci, ayant distribué son lot, était prestement descendu de la voiture et s'était déjà confondu dans la foule. S'il s'agissait d'une coïncidence, elle était passablement étrange...

L'omnibus m'emportait dans la bonne direction, et une demi-heure plus tard, je débarquai sur la rive du lac Michigan. La fête foraine avait pris ses quartiers à l'écart des scieries et autres usines, dans un large espace situé entre deux quais vermoulus. La lumière des lampions et des feux d'artifice se reflétait dans les eaux noires. L'air était empli de musiques joyeuses. Baraques et chapiteaux en tout genre se chevauchaient presque dans ce périmètre confiné, et les bonimenteurs en costumes voyants se livraient à une rude concurrence. De la femme la plus grosse du monde à l'homme préhistorique récemment découvert dans les monts Appalaches, de l'avaleur de sabres au cracheur de feu, du dresseur de serpents au jongleur de torches, il n'était pas d'attraction assez pittoresque pour attirer le chaland.

Destiné à une clientèle plus huppée, le manège des Merveilles se dressait un peu à l'écart. Le bateleur n'avait pas menti. C'était une machine des plus impressionnantes, comme on n'en avait encore jamais admiré sur le sol américain. Les diligences et les chevaux reproduits à échelle réelle tournaient autour d'un axe au diamètre imposant orné de miroirs et de peintures évocatrices. Un imposant « symphonium[1] » débitait une succession d'airs folkloriques à la mode qui ajoutaient à l'ambiance. Je fis la queue au guichet d'accès parmi d'autres curieux. Quand ce fut mon tour, je tendis l'affichette. Le contrôleur n'était autre que le quidam au visage grêlé qui me l'avait distribuée... Ou d'un frère jumeau ! Il la prit sans un regard à mon endroit, en débitant le même speech qu'il servait à tous.

— Par ici, oui par ici, mesdames et messieurs, prêts à embarquer pour le monde merveilleux de la conquête de l'Ouest. Illusion innnnoubliable !

Comme je cherchais le coursier idéal, je tombai en arrêt devant un cheval de bois sombre niché dans la rangée du fond, la plus proche de l'axe. Selle ocre, harnachement doré, et cette gueule largement ouverte... Impossible de faire erreur. C'était lui que j'avais entrevu pendant ma partie de poker à Joliet. Malheureusement,

1. Invention du XIXe siècle. Machine à rouleaux ou à manivelle supposée reproduire tous les instruments d'un orchestre symphonique avec plus ou moins de réussite. L'un des plus impressionnants d'Europe est visible au Musée national de la musique de Prague.

un garçonnet plus prompt grimpa dessus avant que j'eusse le temps de réagir. J'essayai de négocier avec une pièce de cinquante cents entre pouce et index.

— C'est ton jour de chance, lui glissai-je, je te donne la pièce si tu montes dans la diligence, là devant.

— Non. J'aime pas les diligences, me répondit-il, buté.

— Pourquoi pas le bison furieux, là-bas ? Il a l'air terrible...

— J'aime pas les bisons. Y a que les Indiens qui montent des bisons.

Soudain, le bonimenteur au visage grêlé intervint avec bonne humeur.

— Allons fiston, le monsieur a raison. Trop haut pour toi, l'alezan.

Sans se préoccuper de ses protestations, il saisit le garçonnet par les épaules et l'assit de force sur un pommelé un peu plus loin. Puis il m'adressa un petit salut et annonça le départ. Le manège se mit en route avec une lenteur majestueuse, au son d'un banjo reproduit par le symphonium. Mon fier pur-sang sculpté s'ébranla. Au début, je pris presque plaisir à cette balade d'un genre nouveau. Le reflet des miroirs, les peintures de paysage donnaient l'illusion presque hypnotique d'être transporté dans les grandes plaines où galopaient bisons et Indiens. Pour un peu, j'aurais tout simplement pris un plaisir d'enfant à ce galop immobile, oubliant la véritable raison de ma visite, si je n'avais soudain réalisé qu'un individu pâle et longiligne, vêtu d'un costume sombre et d'un feutre assorti, m'observait à l'extérieur du manège, parmi le cercle des parents et des badauds.

Je crus bien que mon cœur s'arrêtait de battre.

Cecil Wardrop, une main sur la crosse de son revolver pendu au côté, ne détachait pas de moi ses yeux de braise. Ses joues s'étaient creusées, ses cheveux avaient blanchi, mais il n'était plus la loque humaine à laquelle j'avais rendu visite au fort d'Alcatraz. Il avait repris une apparence presque normale, comme à l'époque où il se faisait appeler Clay Harper, et feignait d'être un agent Pinkerton irréprochable[1]. Mon saisissement fut tel que je ne pris pas garde sur-le-champ aux deux types qui m'alpaguaient par l'épaule. Mal rasés, l'air borgne et casquette sur le coin de l'oreille, ils ressemblaient à des mécaniciens. D'où étaient-ils sortis ? Ils tentèrent de me faire descendre du cheval pour m'entraîner vers une porte qui venait de s'ouvrir dans l'axe central, parfaitement indécelable au milieu des miroirs. Je me défendis avec de plus en plus de véhémence quand je croisai leur regard vide. Une chaîne de montre brillait à leur poche de gilet. Je compris soudain. Quel imbécile j'avais été ! J'avais foncé dans un piège des plus grossiers. Ma main se porta en direction de mon Derringer passé sous la ceinture. Mais ici, au milieu de cette agitation innocente, parmi des adultes et des enfants, c'était bien trop risqué de déclencher une bagarre.

La réaction de mes poings devança celle de mon cerveau. Ma droite partit dans le menton de mon agresseur de gauche et le fit descendre de selle. Mon gauche dans la pommette de son comparse de droite. Les bagarres n'étaient pas choses inhabituelles dans les lieux publics, et ce furent d'abord des encouragements et des rires qui accueillirent cette échauffourée. Certains durent même penser que cela faisait partie du spectacle. Je me dressai sur ma selle de bois et

1. Voir tome 1, *Le Châtiment des Hommes-Tonnerre.*

sautai de cheval en cheval en m'éloignant vers le bord du manège… d'où j'avais bien l'intention de sauter. Seulement, le plateau se mit à tourner de plus en plus vite, au point de rendre mon projet très périlleux. Les gens crièrent. La panique commença à gagner les passagers de l'attraction, autant que le public à l'extérieur. Je fus pris d'hésitation. Les deux machinistes en profitèrent pour me retomber sur le paletot. Je me défendis avec une vigueur redoublée. Mes poings avaient beau s'écraser sur leurs méchantes bouilles, mes assaillants n'en continuaient pas moins de vouloir m'étrangler au son du symphonium qui débitait à présent sa musique sur un tempo infernal. Je parvins enfin à me dégager de leur étreinte et les expédiai entre les pattes des chevaux de bois. Je n'avais plus le choix. Tant qu'à prendre un risque…

Je sautai hors du manège en folie et roulai dans la poussière aux pieds des badauds. Avant que j'eusse le loisir de me relever, une paire de bottes lustrées pénétra dans mon champ de vision, et le canon d'un Colt 45… Cecil Wardrop me considérait avec une expression indéchiffrable. Aurait-il tiré si à cet instant précis n'avait résonné une cacophonie de coups de sifflet ? Je ne saurais le dire. Des policiers en uniforme, casque oblong sur la tête et matraque au poing, accouraient de toutes parts, et il ne prit pas ce risque… Cecil Wardrop, l'homme qui se prétendait être mon père, remisa son Colt avec une parfaite tranquillité et s'éloigna comme dans un rêve.

Ceux de la Brigade Pâle s'étaient évaporés de même, ainsi que le petit homme au visage grêlé. Le manège des Merveilles avait enfin arrêté sa course. Alors que je me redressai péniblement en époussetant mon costume froissé, les agents de la force publique me secouèrent sans délicatesse.

— C'est toi le fauteur de troubles ? On t'arrête !

— Minute, tentai-je d'expliquer, je suis agent Pinkerton et...

Alors l'un de ces bouledogues se pencha sur moi avec un large sourire.

— Pas de chance. On déteste les Pinks.

Et les coups de matraque se mirent à pleuvoir sur mes épaules.

17. POCHE DE GLACE

C'était un garçon d'une dizaine d'années déjà fripé par la vie, qui d'un revers de main essuyait régulièrement son nez humide. Ses cheveux courts et ras laissaient voir des croûtes malpropres sur son crâne, et quelques cicatrices également. Je le voyais aussi nettement que si je m'étais trouvé là, à ses côtés, accroupi au milieu du taudis dans lequel le vent glacé s'engouffrait. Le froid. Dedans ou dehors, peu de différence. La misère, la crasse.

Et la solitude.

Une mère absente, probablement en quête de ménages, un père impotent assis auprès du poêle, qui dodelinait de la tête en marmonnant des phrases incompréhensibles. Le jeune désœuvré décida de se faufiler par un interstice entre les planches disjointes, à l'insu de l'adulte. Il était assez peu chaudement vêtu, en regard de la température glaciale, mais ne paraissait pas s'en préoccuper. Les mains dans les poches de son pantalon tenu par des bretelles, il se dirigea vers un tas d'ordures où d'autres déshérités de son âge cherchaient quelque chose à récupérer. Ou à manger. En l'apercevant, la plupart déguerpirent sans attendre. Sans être un géant, le gamin aux bretelles, large d'épaules, en imposait, même à de plus âgés que lui. Son secret résidait dans ses manières abruptes, son regard sombre et perçant. Des malins s'avisaient-ils de lui chercher des noises, il retroussait ses manches, saisissait ce qui lui tombait sous la main, gourdin, pierre, lame, et faisait place nette.

Non parce qu'il était le plus fort, mais parce qu'il était le plus déterminé.

Cette vision imprégnait encore fortement mon esprit quand je revins à moi. J'étais étendu sur un sofa, dans un salon-bibliothèque cossu aux fenêtres ouvertes sur la nuit. Je portais une poche de glace sur le front. Ma lèvre était enflée. Mon dos me faisait mal. Je voulus me redresser, mais une main autoritaire pressa mon épaule pour m'en dissuader, celle d'Allan Pinkerton en personne, qui, penché au-dessus de moi à la manière d'un médecin, scrutait mes réactions.

— Ne bougez pas trop vite, conseilla-t-il. Vos sens vous reviennent. Et vos dons, de toute évidence.

Cet enfant des rues que j'avais entrevu en songe... Était-ce lui ? Embarrassé de m'être peut-être immiscé dans sa conscience, je regardai autour de moi.

— Où suis-je ?

— Je vous ai fait transporter à mon domicile dès que j'ai été alerté, c'était plus prudent. Rien de grave. Des contusions. Vous avez le crâne solide. Quand je vous disais que la police officielle nous détestait...

Il retira la poche de glace de mon front et enchaîna sur un mode de conversation étonnamment badin.

— Connaissez-vous la ville de Glasgow, en Écosse ? Le pire quartier là-bas s'appelait Gorbals. Un sale endroit, où s'entassait toute la misère possible, mais idéal pour qui veut étudier les plus regrettables penchants de l'âme humaine. J'y ai grandi. J'y ai beaucoup appris. Quand on connaît Gorbals, les rues du Patch ressemblent aux allées du paradis.

Allan Pinkerton avait probablement deviné que le seul fait d'avoir été en contact avec sa main avait suffi pour que je déchiffre certaines de ses pensées. À moins qu'il n'eût sciemment choisi de me laisser les explorer... Alors qu'aurait-il voulu me montrer et dans quel but ? Une réalité sordide, celle d'un homme parti de rien, d'une énergie et d'un caractère hors du commun, qui s'était hissé à la force du poignet au rang des personnages les plus redoutables du pays ? Peut-être... Il versa un peu de brandy dans un verre et me le tendit.

— Un agent ne boit pas d'alcool, déclinai-je en redoutant une mise à l'épreuve.

— S'agissant d'une urgence médicale, je l'autorise. Vous avez été méchamment rossé, mon jeune ami, et le brandy est un excellent remède en pareil cas. Vous pouvez me croire sur parole. J'ai beaucoup pratiqué.

Je m'exécutai donc. La liqueur âcre m'enflamma le gosier. Je toussai pitoyablement et finis par me dresser sur mon séant. Je me rendis compte que nous n'étions pas seuls. Une femme entre deux âges, vêtue d'une robe grise à rayures, se tenait dans l'embrasure d'une porte en nous observant avec inquiétude. Elle avait dû être une beauté dans le temps, et sa silhouette élancée possédait encore la grâce aérienne de la danseuse qu'elle avait probablement été. Pinkerton se tourna vers elle et la rassura de la voix autant que du geste.

— Tout va bien, chérie, il se remettra. C'est une forte tête. Agent Galore, je vous présente, Joan, mon épouse.

Je saluai. Mme Pinkerton me rendit un sourire et s'éclipsa avec discrétion. Son mari en profita pour allumer un cigare avec un art qui désignait à coup sûr le connaisseur. Après avoir pris le temps de relâcher un nuage bleuté dans l'air, il lança :

— Ma femme a été chanteuse dans le temps. Nous avons deux grands enfants dont nous sommes fiers, et qui prendront un jour ma succession. Vous le saviez ?

— Non, monsieur.

Puis il enchaîna sans transition :

— C'est votre vision du cheval de bois qui vous a mené jusqu'au manège ?

— La fête foraine, me souvins-je tout à coup. Il faut retourner là-bas. Cecil Wardrop s'y trouvait. Le manège, il...

— Inutile, m'interrompit Pinkerton, il n'y a plus personne. Je l'ai fait fermer. Nous avons découvert un passage souterrain sous la machinerie qui aboutit à un déversoir. C'est probablement là que Monty Wardrop a caché son frère et ses complices depuis des semaines. Pas étonnant que nos quadrillages n'aient rien donné. Du moins la planque est désormais inutilisable.

Ma lucidité s'améliorant de minute en minute, une évidence m'apparut clairement.

— Quelqu'un savait au sujet de ma vision et l'a utilisée pour m'attirer dans un piège. J'ai été sciemment conduit au manège pour être éliminé.

Pinkerton accueillit cette conclusion avec une expression impassible.

— À qui en avez-vous parlé ? interrogea-t-il.

— À vous seul. Et à M. Price.

Songeur, le directeur passa une main dans l'échancrure de son gilet, à la façon de Napoléon, dont il appréciait parfois d'imiter les manières.

— M. Price, hein ? Essayez-vous de me dire qu'il aurait communiqué une telle information à nos adversaires ? Car j'ose espérer que vous me mettez hors de cause ?

— Monsieur, je suis navré, mais il s'agit de logique, et non d'accusations à la légère.

— À voir, lâcha seulement le directeur. Avez-vous tiré autre chose du paquet de cartes que je vous ai confié depuis ?

— Non, avouai-je. C'est sans espoir. J'ai renoncé.

— Plus de caleçons séchant sur des cordes à linge ? Cela nous épargnera de mettre sous surveillance toutes les ménagères de Chicago qui font leur lessive. Soit la totalité de la population féminine ou presque.

C'était bien dans les manières de Pinkerton que ce trait d'humour glacé en ces circonstances aussi pesantes.

— Nous avons encore Payte Greenlay, suggérai-je. Il faut le forcer à parler.

— C'est exact, et j'ai déjà donné ordre de le faire transférer au plus vite dans un endroit sûr où nous pourrons l'interroger. Il devient un témoin trop gênant pour la Brigade Pâle.

Il retourna au splendide bureau d'acajou où s'entassaient d'innombrables dossiers, chaussa ses bésicles, et se mit en quête d'un télégramme qu'il déchiffra à voix haute.

— Le Président Grant en personne s'émeut de la situation ici, me confia-t-il. Il me demande un rapport quotidien. Contrairement à notre maire, il partage nos soupçons au sujet de ce complot. C'est un ancien général, et un militaire envisage toujours toutes les options. Surtout les pires. Autant dire que nous serons sur les dents dans les heures qui viennent... Rentrez à l'hôtel,

Galore. Reposez-vous. Épuisé, vous n'êtes d'aucune utilité. Et la prochaine fois que vous suivrez une intuition soudaine, parlez-m'en d'abord. Je vous donnerai une escorte !

Plus tard, la voiture personnelle de M. Pinkerton me ramena à la pension pour célibataires ou j'avais élu domicile. Je montai à ma chambre avec l'enthousiasme du condamné gravissant les marches de l'échafaud. Alors que j'en poussai la porte, absorbé par mes préoccupations du moment, le canon froid d'une arme contre ma tempe me figea instantanément.

— Bouge un cil et tu es mort, glissa une voix mauvaise à mon oreille.

18. NOUVEAU TÉMOIN

— Tu n'es qu'un rat. Un rat ignoble et dénué de toute morale. Je devrais t'arracher les yeux pour avoir décampé de San Francisco sans prévenir.

Je reconnus la voix, cette manière toujours aussi tendre de s'adresser à moi. Je m'autorisai à respirer à nouveau. Avec des gestes très lents, je quittai mon veston pour l'accrocher au portemanteau et versai de l'eau dans la bassine en faïence pour me rafraîchir la figure. Elly Aymes ne lâcha pas prise pour autant.

— Dis quelque chose, au moins ?

— Range ton pistolet, plaisantai-je, je vais finir par croire que ça t'excite.

— Tu n'es qu'un... Quelle tête tu as ? Tu es rentré dans un mur ? Tu as une de ces bosses...

— Oui, il paraît que c'est une conséquence naturelle quand une matraque vient à la rencontre d'un crâne.

— Qui t'a arrangé comme ça ?

— Les policiers d'ici.

— Ils ne sont pas supposés être dans notre camp ?

— Ils vouent une véritable détestation à Pinkerton. Comment tu m'as trouvé ?

— Grâce aux relations de Gideon. Cette pension est réputée pour donner l'asile aux agents de passage. Facile de deviner que tu y descendrais.

— Les filles sont interdites au Palladium. Si la tenancière t'a vue, je vais...

— Personne ne m'a vue.

Je tamponnai mes ecchymoses avec un linge mouillé. De guerre lasse, Elly remisa son Remington de poche dans son corsage et me fit asseoir sur le rebord du lit.

— Laisse-moi faire.

Elle sortit un dollar d'argent de sa bourse, l'appliqua fortement sur les endroits tuméfiés en prenant plaisir, j'en fus convaincu, à me voir grimacer de douleur.

— C'est un bon remède, fais-moi confiance.

— C'est bon, j'ai déjà reçu des soins, et de la part de Mme Pinkerton en personne.

Elly me dévisagea comme si je venais de lui raconter un conte de fées.

— Mme Pinkerton ? Ne me dis pas que ce monstre est marié ?

— Si, et avec une ancienne chanteuse de cabaret. Tu vois. Il n'est pas d'union impossible.

Ma jeune collègue saisit parfaitement l'allusion. Elle me dévisagea d'une façon curieuse, comme si elle mesurait enfin le sérieux de mon penchant pour elle.

— Neil, ce ne sont pas les filles en dentelles et en frou-frou qui manquent par ici. Elles seraient épatées par ton insigne en ferraille et ta petite moustache bien taillée, tes airs bravaches et ton langage bien tourné. Pourquoi tu ne m'oublies pas ?

— D'accord, soupirai-je, parlons d'autre chose. Que fais-tu là ?

Elle marqua une hésitation, fixa la pointe de ses bottines avant de lâcher tout à trac.

— C'est fini, je plaque l'Agence. J'ai trouvé un engagement de première chanteuse au *Music-Hall* de San Francisco pour cet hiver. J'ai reçu deux cents dollars d'avance, tu te rends compte ? Le rêve de toute ma vie. Je serai la vedette. Tu entends ça ? Moi, la gamine de nulle part ! Vedette ! Ce sont les articles de presse sur mon numéro qui m'ont valu ça.

Cette déclaration me plongea dans un abîme de confusion. D'un côté, je me sentais triste à l'idée que nous allions être inéluctablement séparés et, d'un autre, j'étais soulagé de la savoir éloignée de tout danger.

— Et tu as traversé le pays d'ouest en est pour m'annoncer ça ?

— J'ai une dette envers Pinkerton. Envers toi aussi. Et Armando qui nous a quittés. Je ne lâcherai pas cette enquête. Nous avons passé ce maudit hiver à nous geler le croupion dans ces fichues montagnes du Canada, ce n'est pas pour abandonner maintenant. Dis-moi seulement où nous en sommes et ce que tu as découvert en venant ici.

Je lui racontai donc les événements par le menu. Tout en m'écoutant, elle écarta le rideau de la fenêtre pour apprécier le paysage de cheminées et de façades en bois. Dans cette attitude rêveuse, sa silhouette si fine enserrée dans un ensemble gris fermé par un camée du plus bel effet, elle ressemblait à n'importe quelle adorable jeune citadine. Ses cheveux noués en chignon à la mode tiraient ses traits creux en rehaussant l'éclat de ses yeux. Je me rappelai la réflexion qu'elle m'avait faite une fois sur son rêve de posséder une maison et une cuisine aux rideaux rouges. J'interrompis mon récit pour glisser :

— Tu vas pouvoir posséder un chez-toi, à San Francisco.

— Ne change pas de sujet, me reprit Elly. Donc, Cecil Wardrop est bien ici, mais tu n'as toujours pas identifié « Dirty Monty » ? Ni découvert ce que tramait la Brigade Pâle ?

— Non. Mon père n'est apparemment plus l'épave humaine à laquelle nous avons rendu visite à Alcatraz.

— Il se remettrait peu à peu de la mort de son horrible double ? Mais ses pouvoirs ? Qu'en est-il au juste ?

— Je n'en sais rien, avouai-je. Ce que je sais en revanche, c'est que les choses risquent de se précipiter. Et en fait...

— Tu attendais une visite ? m'interrompit Elly.

— À deux heures du matin ? Non, pourquoi ?

— Dans la rue, je vois un gars qui fait le pied de grue en surveillant ta fenêtre. Assez grand, bien bâti. Tu préfères que ce soit moi qui lui cause ou tu t'en charges ?

À mon tour, je jetai un œil dans la ruelle. Elly avait raison. Un type se tenait dans l'ombre d'un porche, vêtu comme un dandy et coiffé d'un haut-de-forme. Voilà qu'il traversait la rue et se glissait dans l'arrière-cour de l'hôtel. Je tins à en avoir le cœur net. Enfilant mon veston, je plantai mon chapeau melon sur la tête et non sans avoir vérifié le chargeur de mon Derringer, descendis à pas de loup. Je coinçai le gaillard juste avant qu'il ne pénètre dans le vestibule et le repoussai rudement contre une palissade en lui fichant mon deux coups sur les narines.

— Doucement, Galore, doucement, me tança le gandin. Vous me reconnaissez ? C'est moi, O'Leary ! Vous vous rappelez ? Le patron du *Blue Diamond,* dans Randolph Street !

J'attirai mon homme dans l'éclairage de l'unique réverbère et reconnus effectivement le tenancier aux cheveux gominés, à la moustache cirée.

— Qu'est-ce que vous fichez ici ? questionnai-je sans ménagement. Vous m'espionnez ? Qui vous envoie ?

— Personne. Tout le monde sait que les agents en visite logent ici, et j'ai besoin de vous parler. J'ai déjà essayé l'autre soir, mais avec votre patron dans les parages...

— Je me souviens. Que voulez-vous ?

— Ça va vous paraître idiot, mais j'ai besoin de vous. J'ai tout entendu de la conversation avec le maire, l'autre soir. Et j'ai pensé : « Ce jeune type a l'air intègre. On peut lui faire confiance. »

— Ce n'est pas réciproque. Votre roulette est truquée, et vos croupiers sont des gredins qui manient des jeux marqués quand les choses ne tournent pas en leur faveur.

— Ah, vous avez remarqué ? répliqua O'Leary avec une candeur étonnante.

— Venez-en au fait, O'Leary. Il se fait tard, et j'ai déjà eu une soirée assez agitée.

— C'est au sujet de ces gens étranges, ces sudistes de la Brigade Pâle. Écoutez, vous allez me prendre pour un dingue, mais ma mère m'a affirmé avoir vu des types semblables rôder dans sa rue.

Je marquai un temps d'arrêt, partagé entre la stupeur et le rire.

— Votre... mère ?

— D'ordinaire, elle n'a peur de rien vous savez, et pourtant, cette fois, elle a pris le parti de m'en parler. C'est dire qu'elle a senti une menace bien réelle. Il faut la protéger.

— Je respecte beaucoup votre vieille maman, répliquai-je froidement, mais je crois savoir que vous disposez de canailles dans Randolph Street qui seraient ravies de vous rendre ce service.

— Vous ne comprenez pas. Ma mère et moi, enfin... On ne s'adresse plus trop la parole. Elle n'aime pas la vie que je mène. Elle est si rigide. Si... catholique ! Vous savez comment sont les mères...

— Ne m'en parlez pas.

— Alors pour une fois qu'elle me demande de l'aide, qu'elle se confie à moi... Si j'envoie mes gars, elle va encore me faire des reproches sur mes fréquentations. S'il s'agit de l'Agence Pinkerton, d'un gars dans votre genre, elle me verra sous un autre jour.

— Vous avez sûrement une logique, O'Leary. Brumeuse, mais c'est la vôtre.

— Ces types qui rôdent dans le Patch appartiennent à la Brigade Pâle, j'en suis sûr. Deux d'entre eux sont venus taper à sa porte au prétexte qu'ils cherchaient à se loger. Elle les a décrits de la même façon que vous : grands, pâles, avec un air étrange, et l'un d'eux était rouquin, je vous assure. Il lui a fait vraiment peur. Il avait de drôles de manières. Elle les a éconduits. Ils ont promis de revenir.

La description correspondait bien sûr, mais je n'étais pourtant pas totalement convaincu. J'avais déjà trop souvent foncé tête baissée dans des impasses. À présent, je prenais le temps d'y réfléchir à deux fois.

— Je verrai ça, me bornai-je à promettre.

— Ce que je vous demande, Galore, c'est simplement d'aller la rassurer. Elle habite dans De Koven Street, au 137. Tenez, voici une carte de visite que je lui ai fait imprimer pour ses affaires...

Il me glissa un petit carré de bristol dans la poche et tapota dessus avec un geste entendu.

— J'ai votre promesse ?

— 137 De Koven, j'irai faire un tour dès que possible, promis-je vaguement.

O'Leary parut s'en satisfaire. Il me salua en soulevant son haut-de-forme et prit congé. Tandis que je retournai sur mes pas, j'aperçus Elly, blottie sous le porche de la porte de service, qui n'avait rien perdu de notre entretien.

— D'où il sort, ce bel élégant ? s'enquit-elle avec un sourire en coin.

— C'est le tenancier d'un cabaret de luxe sur Randolph Street. Ne te fie pas à ses grands airs. Il appartient à la pègre locale.

— Que comptes-tu faire ?

— C'est une piste. J'irai vérifier, mais demain. Je ne sais pas pour toi, mais j'ai déjà été gâté pour cette nuit. Je vais essayer de dormir.

— Moi aussi. JE prends le plumard.

Toujours cet ineffable sans-gêne qui la rendait si attirante... J'aurais été mauvais prince de la chasser au beau milieu de la nuit. Et après tout, la situation ne me déplaisait pas. Nous avions bien partagé les mêmes bivouacs durant tout l'hiver... Et même, certaine couverture. En parfait gentleman, je lui abandonnai le lit, dans lequel elle ne tarda pas à s'endormir comme une souche. Je m'installai dans le fauteuil près de la fenêtre. Le courant d'air tempérait un peu la chaleur toujours suffocante. Incapable de fermer l'œil, je repris le paquet de cartes abandonné sur l'étagère, que je me mis à battre et à rebattre. Qui sait si, cette fois...

Et soudain, une image étrangère bouscula mes pensées du moment.

Puis deux, trois, et enfin une ribambelle de visions brèves et décousues comme je ne pensais plus pouvoir en ressentir... Une diligence qui traversait une plaine dans un nuage de poussière, avec plusieurs cavaliers à ses trousses. Des coups de feu claquaient. Deux hommes en cache-poussière chevauchaient à mes côtés à bride abattue en tirant. Je reconnus Cecil Wardrop parmi eux, et aussi un homme à l'oreille coupée, qui n'était autre que Payte Greenlay... Ils étaient tels que dans leur jeunesse malfaisante, cheveux longs, barbes fournies. Touché en pleine poitrine, le conducteur du wagon tomba à la renverse, et l'attelage interrompit enfin sa course folle. Cecil entra dans mon champ de vision pour ouvrir la portière, et dans le reflet de la vitre, soudain...

Quand je revins à moi, mes cartes avaient glissé sur le plancher et Elly me secouait de toutes ses forces par les épaules, comme pour me ramener à la raison. Elle me parlait, mais le son de sa voix ne parvint que progressivement à mes oreilles.

— Neil ! Neil ! Reprends tes esprits ! Tu es encore en transe !

Je la dévisageai en tremblant.

— Elly, il faut partir immédiatement pour la prison de Joliet.

— Quoi ? Qu'est-ce que tu as vu ?

— « Dirty Monty ». Montgomery Wardrop, le frère aîné. Je sais où il se trouve.

19. À TOUTE VAPEUR

Dimanche 8 octobre 1871

Je dus tambouriner à pas mal de portes d'écuries avant d'obtenir qu'un vieux type mal embouché accepte de nous louer deux chevaux au milieu de la nuit. En forçant l'allure, j'avais espoir d'être à Joliet avant que le transfert de Greenlay ordonné par Pinkerton ne s'opère. De fait, Elly et moi arrivâmes devant la prison peu après le lever du soleil, suite à une chevauchée épuisante. Pour autant, le jeune planton de faction à la grille resta intraitable. J'eus beau exhiber mon insigne et invoquer l'urgence de la situation, le garçon trop zélé refusa de me laisser entrer. La chance voulut que le surveillant-chef sorte de ses quartiers à cet instant précis, celui-là même qui m'avait extorqué dix dollars lors de ma dernière visite. Sitôt qu'il me vit, il flaira sûrement une nouvelle bonne affaire et m'accueillit avec la familiarité bienveillante de l'escroc qui repère un pigeon.

— Par exemple, qui je vois là ? Serait-ce pas mon jeune ami de la Pinkerton ? On a décidé d'une nouvelle partie de poker avec les prisonniers, fiston ? Et en plus, vous nous avez apporté une jolie fille ? Holà, miss, approchez, je me charge de vous faire visiter...

Je dus claquer des doigts devant ses yeux pour qu'il consente à interrompre ses manœuvres de vulgaire séduction envers Elly, qui refusait de lui accorder la moindre attention.

— Soyez prudent, chef. C'est mon équipière et elle est très susceptible. Conduisez-moi auprès de Payte Greenlay, c'est extrêmement urgent.

Je sortis un billet de dix dollars. Le bougre me le chipa des doigts et le huma comme s'il s'agissait du dernier parfum parisien, puis lança comme si de rien n'était.

— Malheureusement, j'ai peur que ce ne soit impossible.

— Et pourquoi donc ?

— Greenlay n'est plus ici. Ordre de votre directeur à mon directeur, lequel s'est incliné.

Mon sang se figea.

— Transféré ? Quand ? Pour où ?

Le surveillant-chef fit celui qui n'avait pas entendu la question, et reluqua à nouveau Elly qui donnait à boire aux chevaux.

— Et si c'était votre équipière qui venait poser la question, eh ? C'est vrai, les filles, ça possède l'art d'interroger les hommes, vous ne croyez pas ?

Décidément, cette fripouille entendait monnayer chèrement les informations en sa possession. Probablement indisposé par l'avidité de son supérieur, le jeune planton resté jusqu'alors à l'écart intervint.

— Le détenu Greenlay a été conduit à la gare il n'y a pas un quart d'heure par deux de vos collègues.

Ils avaient l'intention de le conduire à Chicago pour interrogatoire...

Je remerciai cette jeune recrue intègre, que j'avais si mal jugée au premier abord, et remontai vivement à cheval.

— Pourquoi tu t'en fais, s'il est sous bonne escorte ? m'interrogea Elly, qui n'avait rien perdu de la conversation.

— Parce qu'il n'arrivera jamais à Chicago, martelai-je.

Ma collègue plissa ses jolis sourcils.

— Tu as vu quoi au juste dans ton jeu de cartes, cette nuit ?

Je préférai ne pas répondre, talonnai ma monture, et Elly m'imita sans insister. Une poignée de minutes plus tard, nous arrivâmes devant la petite gare en pierre de taille. Les abords écrasés par la première chaleur du matin étaient déserts, à l'exception du fourgon blindé de la prison qui se trouvait encore là, privé de conducteur et portes béantes. Mauvais signe. Elly sur mes talons, nous pénétrâmes dans le hall, les sens aux aguets, et alors que nous sortions sur le quai, une fusillade soudaine éclata.

Pris sous le feu d'une bande armée, deux agents Pinkerton, reconnaissables à leurs costumes et leurs chapeaux melon, n'avaient eu que le temps de se réfugier avec leur prisonnier derrière un chargement de caisses que les balles écorchaient dangereusement. Je dénombrai cinq gaillards vêtus de cache-poussière, qui ne prenaient même pas la peine de se mettre à couvert et avançaient droit sur les détectives, nullement indisposés par leur riposte. Et pour cause. Les balles ordinaires ne faisaient que ralentir ces hommes de la Brigade Pâle, mais ne pouvaient en venir à bout. Et à l'évidence, nos collègues piégés ignoraient tout de ce genre d'adversaires.

Au loin, le panache de vapeur du train à l'approche s'éleva dans le ciel clair. Son sifflet vrilla nos tympans… Il n'arriverait jamais à temps pour offrir une solution de repli aux assiégés. L'issue fatale n'était pour eux qu'une question de secondes. À ceci près que les assaillants ne nous avaient pas remarqués. Elly et moi connaissions leur point faible. Nos armes étaient déjà chargées de balles Minier fortement dosées en argent. Nous n'eûmes pas besoin de nous consulter. Nous les sortîmes sans hésiter et fîmes feu dans leur dos sans le moindre scrupule. Deux de ces canailles s'effondrèrent avec un bruit de poterie brisée sur la voie. Les trois autres se retournèrent tels des automates ébahis. Lourdement armés de colts, ils tirèrent dans notre direction sans discontinuer, nous obligeant ainsi à nous abriter à l'intérieur du bâtiment. Nous rechargeâmes et, brisant une vitre, fîmes encore parler la poudre. Au moins, notre intervention avait desserré l'étau sur l'escorte de Payte Greenlay et ces précieux instants avaient permis au train d'entrer en gare. Il s'arrêtait au beau milieu du champ de bataille dans un bruit de ferraille et de vapeur sous pression…

— Je n'ai plus de balles, m'alerta Elly.

Quant à moi, je glissai les deux dernières dans le canon de mon deux coups.

Les mercenaires arrivaient sur nous, décidés à nous déloger. J'allais défendre chèrement notre peau quand une détonation jusqu'ici inédite survola le vacarme de la locomotive. Je l'identifiai sans mal. Winchester 1866, modifiée Henry… Je ne connaissais qu'une personne capable de l'utiliser en pareille situation, avec un sens aussi parfait de l'à-propos.

— Weyland ! m'écriai-je.

Nos agresseurs eurent à peine le temps de comprendre cette nouvelle menace.

Campé sur le marchepied du wagon de queue, le redoutable tireur les prit pour cible comme à la fête foraine. Il les toucha l'un après l'autre en pleine poitrine, rechargeant avec un doigté proprement virtuose et bientôt tout ce qui resta d'eux se compta en monticules de cendre grise amassée sous des cache-poussière vides.

Par acquit de conscience, Calder Weyland actionna sèchement le levier de sa carabine et s'avança sur le quai en mettant en joue quiconque aurait commis la folie de se mettre en travers de sa route. Il avait troqué ses habituels vêtements de coureur de piste pour une redingote fripée et un chapeau haut de forme qui lui donnaient l'air d'un père de la mariée ayant brusquement abandonné la noce. Elly et moi courûmes vers lui pour le féliciter, mais il nous rabroua avec son air bourru.

— Crénom de nom ! Vous vous baladez encore avec vos fichus pistolets pour enfants ? Contre ces vermines plus mortes que vivantes ? Vous ne savez donc pas ce qu'est un six coups ?

Elly fit tomber sa mauvaise humeur en lui décochant un baiser sur sa moustache, qui l'aurait presque fait rougir.

— Évidemment, vu sous cet angle, admit-il.

C'est peu dire que les agents Pinkerton jusqu'alors assiégés nous accueillirent les bras ouverts en poussant leur prisonnier enchaîné devant eux.

— Nous sommes les agents O'Donnell et O'Flaherty. On vous doit une fière chandelle, nous félicitèrent-ils avec un fort accent irlandais. De quelle équipe êtes-vous ?

— Agent Galore, me présentai-je. Agent Aymes. Et notre éclaireur, Calder Weyland.

— Ces types, d'où ils sortent ? s'effarèrent les détectives, qui ne se remettaient pas de la scène incroyable à laquelle ils avaient assisté. De quelle matière sont-ils faits ?

— Auparavant, c'étaient des hommes comme vous et moi, affirmai-je. Jusqu'à ce qu'ils décident de devenir monstres à plein temps en l'honneur de leur fichue cause perdue. Interrogez votre prisonnier, là, il vous en dira davantage.

Payte Greenlay, se sentant subitement la cible de tous les regards, s'approcha de moi en me serrant les mains avec chaleur.

— C'est une chance que vous ayez été là ! Salopards de brigadiers ! Dire que ce sont les Wardrop qui les ont envoyés. Ils voulaient empêcher le vieux Payte de parler, mais c'est décidé, je balancerai tout. Tout !

Je vrillai mon regard dans le sien.

— C'est sûr que vous allez parler, lui répondis-je. Cher Monty.

20. DÉLICAT INTERROGATOIRE

— Montgomery Wardrop a probablement endossé l'identité de son vieux complice juste après l'évasion de son frère l'an dernier. Greenlay a-t-il donné un coup de main à cette occasion ? C'est possible, mais à cette heure, il doit nourrir les poissons au fond du lac Michigan, lesté d'une ou deux pierres bien lourdes. Je doute qu'une canaille aussi prudente que « Dirty Monty » lui ait laissé la vie. Quoi qu'il en soit, il a ensuite modifié son apparence pour lui ressembler. Il s'est rasé la barbe, et s'est même coupé un bout d'oreille pour rendre son personnage plus vraisemblable. Il a imité son ton, ses manières... Quoi de mieux pour blanchir sa nouvelle identité que de se faire arrêter ? Pas pour délit grave. Escroquerie, chantage. Quelques mois de prison ferme ne sont rien pour un individu qui a passé la moitié de sa vie sous les barreaux. D'autant qu'il n'avait pas l'intention de s'y éterniser... Juste le temps que les Pinkerton perdent sa trace car il savait qu'après son coup de force à Alcatraz, il serait le premier soupçonné.

Je quêtai pour le moins son approbation, mais Montgomery Wardrop fit comme s'il se désintéressait de mes explications et se perdit dans la contemplation du paysage à travers la vitre du train qui nous ramenait à Chicago. Depuis que nous l'avions percé à jour, il n'avait pas dit un mot. Je poursuivis donc mon raisonnement.

— Un détail de sa personne le trahit encore, qui aurait dû m'alerter la première fois que je l'ai vu : la bosse du tireur sur son pouce gauche, qui est signalée sur un avis de recherche de 1849. C'est une callosité très particulière, qui se forme chez les tireurs professionnels et ne disparaît jamais. Il faut lui rendre hommage : ce manipulateur a tout calculé avec un soin d'horloger. Qui irait soupçonner le chef de la Brigade Pâle sous les traits d'un petit maître chanteur, logé au fond d'une cellule de Joliet ? Et pourtant, c'est de là qu'il dirige les opérations, en restant bien sagement à l'écart.

— Je confirme, ajouta Calder Weyland. J'ai croisé le vrai Payte Greenlay, autrefois, à Abilene. C'était un imbécile doté d'un cerveau de souris, juste bon à siffler des whiskies et tirer des coups de feu en l'air. Pas capable d'aligner deux phrases sensées.

— Comment a-t-il pu passer ses ordres à l'extérieur de la prison ? s'interrogea Elly. Il aurait bénéficié de complicités internes ?

— Je l'ignore. Il nous le dira peut-être ?

Les deux agents irlandais qui avaient pris place à nos côtés étaient restés cois. Le plus grand, O'Donnell, grand gaillard de tempérament aux cheveux frisés, n'y tenant plus, me posa la question fatidique.

— Vous êtes de la Branche Spéciale, pas vrai ? Cette fameuse section que dirige M. Price, celui qu'on surnomme le Diable ?

— Ainsi, ce n'est pas une légende..., s'émerveilla O'Flaherty à ses côtés.

— Ne soyez pas ridicule, messieurs, les sermonnai-je en imitant Allan Pinkerton malgré moi. La Branche Spéciale n'existe pas. C'est une spéculation de journaliste. Je dirais même mieux, de fictionniste.

Je quêtai toujours une réaction de Montgomery Wardrop, jusqu'alors parfaitement étranger à ma démonstration. Elle ne vint pas. Il ne prenait plus la peine de jouer la comédie. Il n'avait plus rien à voir avec le vieillard un peu fruste que j'avais rencontré à la prison. Il se tenait bien droit sur la banquette, avec cette sorte d'arrogance naturelle qui ressemblait tant à celle de son frère Cecil. Sa physionomie même s'était modifiée, et je dus lui reconnaître un véritable talent d'acteur.

— Vous avez eu beau masquer vos pensées pendant que nous jouions votre liberté au poker, lui rappelai-je, des images vous ont malgré tout échappé. Le cheval de bois du manège sous lequel vous avez caché votre frère...

À mon grand étonnement, il consentit enfin à me répondre :

— Je m'en suis douté, et je t'ai fait attirer à la fête foraine pour t'éliminer, mon petit Neil, mon cher neveu. J'étais inquiet au sujet de Cecil, c'est vrai. Cette idée ne me quittait pas... Mais tu ne crois tout de même pas en remontrer au vieux singe que je suis ? Et quoi d'autre, gamin ? Qu'as-tu lu d'autre en moi à Joliet ? Vas-y. Parle. Je t'écoute.

Je choisis de jouer le jeu.

— Des caleçons étendus sur une corde à linge.

Wardrop acquiesça lentement.

— C'est bien. Où se balance ce satané linge ? Dans quelle cour de quelle maison ? Et quel rapport avec ce qui va arriver ?

— C'est là que tout se passera. C'est là que se lèvera la Dernière Aube..., présumai-je. Le grand désastre qui emportera tout, à commencer par l'Agence Pinkerton. C'est bien l'idée, non ?

— Reconnais que tu n'en sais rien.

Bien embarrassé, je secouai la tête.

— Exact.

— *« Quand la nuit sera jour »*, compléta Weyland. C'est ce que m'a dit un ami païute, Poisson-qui-file-sous-la-pierre, après avoir eu une vision. C'est à cause d'elle que je suis venu à Joliet. Moi aussi, j'espérais bien tirer les vers du nez à Greenlay...

— Les pouvoirs du Puha n'arrêteront rien, vieux clou, asséna « Dirty Monty », une flamme haineuse dans le regard. Il est déjà trop tard...

— Tu ne sais rien de la vraie force du Puha, contra l'ancien. Oh, bien sûr, celui qui le possède façonne ce pouvoir à sa guise, et entre tes sales mains, il est devenu un instrument de mort et de destruction. En cela, tu ne vaux pas mieux que ta saleté de frère...

— Cecil sait quoi faire. Peu à peu, il redevient lui-même. Ah ! Je pense à ce pauvre Payte, cette vieille canaille. Personne ne le regrettera. D'ailleurs, depuis la fin de la guerre, il n'avait plus de famille, ni de proches. Je lui ai proposé d'être de la Brigade Pâle, de poursuivre notre lutte, celle des rebelles confédérés contre Washington et son président de pacotille. Il n'a rien voulu entendre. Il avait peur de franchir le pas. Il avait peur du rituel, et de tout ce qu'il ne comprenait pas.

— Comme vous peut-être, glissai-je. Vous n'êtes pas passé par le rituel des monts Klamath. Vous ne portez pas de montre.

Montgomery se tourna vers Weyland.

— Tu entends ça ? Le petit, lui, c'est un digne héritier des Wardrop. Il est bien le fils de Cecil. Je retrouve en lui sa force, son pouvoir. Je ne t'ai pas menti, Neil. Je t'ai fait sauter sur mes genoux et déjà à cette époque, quand tu touchais la crosse de mon revolver, tu avais un air bizarre, un air de reproche, comme si tu savais ce à quoi il avait servi quelques heures auparavant. Tu sais la meilleure ? Ce pouvoir de lire les pensées étrangères dans les cartes ou les objets, c'était celui de ton grand-père. Ouaip. Notre P'pa, à Cecil et moi. Voilà pourquoi, quand je me suis retrouvé en face de lui, je me suis dit : est-ce qu'il se pourrait que ce satané gamin en ait hérité ? Tu as vraiment mal tourné pour le mettre au service de ce requin de Pinkerton.

Cette dernière image provoqua chez lui un rire curieux.

— Au fait, l'apostropha Weyland, où est ta tocante, Monty ? Celle qui indique toujours trois heures dix ? Serait-il possible que ce soit la pétoche qui t'ait fait renoncer à subir le rituel ?

L'aîné des Wardrop eut un mouvement de mâchoires qui prouvait à quel point l'insulte avait porté.

— La pétoche, tu crois, vieux clou ? J'ai tué tellement de gens dans ma vie qu'en mettant leurs cadavres bout à bout, on pourrait baliser la route jusqu'à la frontière du Canada. À la Brigade Pâle, il faut un chef lucide. Et le rituel atteint trop le cerveau. C'est délibérément que j'ai choisi de rester tel que je suis.

Son sang-froid souleva une bouffée de colère chez O'Donnell qui se leva pour le secouer rudement par le col, à la grande frayeur des autres passagers du train.

— Qu'est-ce que tu prépares, fumier ? Parle !

Monty Wardrop se laissa malmener et étrangler sans rien faire pour se défendre, en se contentant de les défier du regard, et je mis un terme à cette algarade inutile. Le train entrait en gare de Chicago. Nous avions câblé au siège de l'Agence depuis Joliet. Un fourgon nous attendait, dans lequel nous nous entassâmes tous, qui nous conduisit au siège de l'Agence. Nous poussâmes notre sinistre détenu dans les sous-sols du bâtiment. Il se laissa menotter à la table scellée dans le ciment. Tout au long de l'après-midi, nous l'interrogeâmes à tour de rôle, et nos nouveaux amis irlandais ne furent pas en reste. Pourtant, menaces, insolences, et même quelques coups, nous ne pûmes rien tirer du prévenu.

— Le temps passe, m'agaçai-je en m'apercevant que la nuit tombait déjà. Pendant ce temps, Dulles et sa bande s'apprêtent sûrement à passer à l'action.

— Ce type me rend dingue, admit Elly. Pas un fond de regret. Pas un sentiment. Rien. Il n'a pas subi le rituel, mais il est comme les autres. Peut-être pire.

— Il faut savoir à tout prix où ils vont frapper, et de quelle façon, marmonnai-je.

De l'autre côté de la vitre de séparation, Monty Wardrop esquissa un rictus, comme si, malgré la distance qui nous séparait, il pouvait parfaitement suivre le cours de mes pensées, le cheminement de mes peurs. Son attitude sema le trouble en moi. Elly posa une main sur mon épaule.

— Cette histoire est en train de te manger le cerveau, tu sais ça ? Depuis combien d'heures tu n'as pas dormi ?

— Hors de question, la rembarrai-je. Tu ne vois pas ce qui est en jeu ? Seigneur, Elly, ces types nous détruiront si on ne les élimine pas définitivement. Ils nous tueront nous, les Pinkerton, mais aussi un grand nombre d'innocents, c'est certain. Regarde Wardrop. Il paraît si sûr de son fait. Saleté. Quand je pense qu'on est du même sang. Et tu me demandes d'aller dormir ?

Tout ce temps, Calder Weyland n'avait pas bronché. Posté en retrait, sa Winchester sur l'épaule, il paraissait songeur. Je le soupçonnai de poursuivre sa propre réflexion, d'aménager les pièces du puzzle à sa manière dans un coin de sa tête.

— À quoi vous pensez ? l'apostrophai-je.

— Pèlerin, quand on a le nez collé au cul d'un cheval, il est rare qu'on puisse admirer sa crinière en même temps. La petite a raison. Prends du recul, tu y verras peut-être plus clair.

— Non, je reste ici.

Le temps passa. Lancinant. À intervalles réguliers, je jetai un coup d'œil à notre prisonnier. Aux alentours de huit heures, je perçus soudain chez lui des signes d'agitation. Lui si indifférent depuis son arrivée, si arrogant à notre égard, commençait à manifester une nervosité bien visible. Il grattait la table de ses ongles, bougeait sur sa chaise inconfortable, tournait la tête à droite et à gauche... J'attirai l'attention de mes compagnons assis dans le couloir.

— Quelque chose ne va pas... Regardez-le !

Tour à tour, Elly et Weyland jetèrent un œil et tombèrent d'accord avec moi.

— Il sait que ses hommes vont agir, augura le coureur de pistes. Il a peur.

— Dans son plan, il ne devait pas être présent à Chicago. Plus encore enfermé dans le quartier général de l'Agence Pinkerton, la première cible... Comme toutes les crapules, au fond, c'est un lâche.

Je me remémorai soudain des images anodines, des détails furtifs de notre expédition en Colombie-Britannique, des fragments, des éclairs. Tel ce valet de pique abandonné parmi les décombres du cabanon au cœur de la forêt. Tel ce sourire de Dulles en faisant jaillir une flamme de son pouce devant mon nez dans ma chambre à Joliet. J'eus la certitude que les éléments de l'énigme étaient présents sous mes yeux depuis le début, et que seul mon aveuglement, ma misérable insuffisance, m'empêchaient de les assembler. Je fourrai ma main dans ma poche, et soudain, un tremblement me parcourut. J'eus la vision d'un lavoir. De draps étendus dans une cour jonchée de paille. À quoi diable devais-je cette vision si subite, si claire ?

Je retirai de ma poche la carte de visite de Jimmy O'Leary, et tout me revint. Sa vieille maman irlandaise, la blanchisseuse à laquelle Pinkerton m'avait conseillé de m'adresser pour avoir des chemises impeccables...

— Vite, un plan de Chicago ! m'exclamai-je soudain.

J'en dénichai un épinglé au mur du couloir. Je l'arrachai sans fioritures pour le dérouler à même le sol. À cet instant, Allan Pinkerton en personne fit son apparition, escorté par les deux détectives irlandais que nous avions envoyés à sa recherche.

— Navré, je n'ai pas pu me débarrasser du maire avant, se justifia-t-il. Il tenait une réunion d'urgence à l'hôtel de ville. Je peux savoir ce que vous faites à quatre pattes, Galore ?

Elly et Calder Weyland m'avaient rejoint. En découvrant la présence de son ancien associé, Pinkerton ne put s'empêcher de manifester un mouvement de surprise.

— Par exemple ! Calder ? Je ne me serais jamais figuré que tu remettrais les pieds ici. Faut-il que la situation soit grave…

— Elle l'est, Allan, rétorqua Weyland, mais ne te fais aucune illusion. Quand tout sera terminé, je repartirai comme je suis venu.

Les deux hommes se penchèrent ensemble sur le plan auquel j'accordais alors toute mon attention.

— Qu'est-ce que vous cherchez, Galore ? m'interrogea le directeur.

— De Koven Street.

Sans hésitation, Pinkerton fit glisser son doigt au cœur de la cité.

— Ici. Mais… C'est l'adresse de la mère de Jimmy O'Leary ?

— Exactement.

Nous entendîmes tout à coup « Dirty Monty » brailler dans sa cellule.

— Eh, vous m'entendez ? Vous devez me reconduire en prison les gars ! Faut me ramener à Joliet. C'est tout ce que je mérite, pas vrai ? De bonnes longues années de taule ? Meurtre. Complot contre l'État. Faites votre choix !

Je me redressai et, me composant une expression de calme et d'indifférence – performance d'acteur en ces circonstances –, j'ouvris la porte pour lui faire face.

— Que se passe-t-il, « Oncle Joe » ? Pressé de retourner au trou ?

— Toi, mon n'veu, m'interpella-t-il, tu ne peux pas me laisser moisir ici. Je suis en état d'arrestation, pas vrai ? Je dois retourner à Joliet sous bonne garde.

— Non.

— Non ?

— Nous n'en avons pas terminé. Vous resterez menotté ici au moins jusqu'à demain matin. Vous n'avez rien à craindre. Vous êtes à l'abri dans nos locaux, Oncle Joe.

— À l'abri ici ? ricana-t-il. Pauvre idiot ! Mais ce soir, personne à Chicago ne sera plus à l'abri. À commencer par tous ceux qui se trouvent dans ce bâtiment !

Je m'appuyai des deux poings sur la table qui nous séparait.

— Ordonnez à Dulles de stopper l'opération. Vous le pouvez, là où vous êtes. Je sais que vous en êtes capable. Par la simple force de votre pensée... Car c'est comme ça, j'en suis sûr, que vous maîtrisez le Puha. Vous n'aviez pas besoin de complicité à l'intérieur de la prison. C'est ainsi que Dulles m'est tombé dessus à l'hôtel de Joliet.

Wardrop cessa soudainement de s'agiter. Un terrible dilemme tirailla visiblement son âme de criminel, qui se solda par un hochement de tête buté.

— Va au diable, maudit Pink ! Pour ça il est trop tard. Écoute bien. Tu as encore une chance de sauver ta peau. Fuis. C'est la Dernière Aube. La dernière.

La nuit se faisant jour. Le feu ! Mon sang ne fit qu'un tour. Je retournai dans le couloir. Allan Pinkerton et mes compagnons n'avaient rien perdu de la conversation.

— Ils vont mettre le feu dans le Patch, déclarai-je, à un endroit stratégique qui agira comme un prodigieux déclencheur : le 137 De Koven Street !

21. LA GRANDE CLARTÉ

— Pourquoi le 137, De Koven Street ? m'interrogea Elly à bord du fiacre qui nous emportait à travers la circulation embouteillée de Randolph Street. Pourquoi précisément cette adresse ? Qu'a-t-elle de si particulier ?

— Parce qu'elle se trouve au cœur du quartier le plus misérable, répondit Weyland en me devançant. J'ai déjà assisté à de grands incendies. C'est toujours dans l'extrême pauvreté qu'ils se propagent le plus rapidement à cause des constructions de bric et de broc, des réserves mal entreposées de pétrole, d'huiles et de bois... Sans parler des ordures.

— Et ici, à Chicago, ajoutai-je, la plupart des maisons sont en pin. La Brigade Pâle a dû repérer l'endroit depuis un certain temps déjà. Ou peut-être, pour avoir été éconduits par la mère O'Leary, ont-ils décidé de se venger en choisissant son adresse. Si un feu de grande ampleur prenait là, avec cette sécheresse qui persiste depuis des semaines, ce serait effroyable...

— La ville entière pourrait disparaître, augura Weyland. Quand j'y songe, Dulles ne faisait peut-être que s'entraîner, sur la rive du lac Okanagan, cet hiver, en faisant brûler des cabanes.

— À moins qu'il n'ait voulu nous narguer, repris-je, en nous donnant un indice dont nous ne comprenions pas le sens.

— Tout est possible, abonda Elly. Angus est un tordu comme on en voit peu.

Elle n'eut pas plutôt achevé sa phrase que la voiture freina si brutalement que nous fûmes projetés les uns sur les autres. Après qu'elle se fut immobilisée, les deux agents irlandais qui tenaient les rênes de l'attelage ouvrirent les portières à la volée, et je n'eus qu'à voir leur expression pour comprendre.

— On arrive trop tard ? m'enquis-je.

— On ne peut pas aller plus loin, annonça O'Donnell. Il y a des gens devant.

— Il y a le feu ! se lamenta O'Flaherty. Par saint Patrick ! C'est notre quartier, notre quartier irlandais !

Je sautai de la voiture pour constater de mes yeux la catastrophe annoncée.

De Koven Street était une rue ordinaire en terre battue, plutôt étroite, comme il en existait des centaines, bordée de part et d'autre de maisons modestes en bois, si typiquement américaines, sagement clôturées par des palissades. Le numéro 137 était formé par deux bâtisses distinctes qui enserraient une petite cour. Mon cœur se mit à battre plus vite en découvrant le linge étendu sur les cordes, qui séchait dans le crépuscule... À proximité, j'aperçus la grange d'où sortaient des flammes menaçantes. Elles n'avaient guère de mal à se propager dans le fourrage bien sec, ni à grignoter les murs de planche après plusieurs semaines de canicule. Autour de nous, les badauds jusqu'alors transis de stupeur commençaient à donner l'alarme, et les « Au feu ! » résonnaient de toutes parts.

Mon Derringer au poing, je bondis par-dessus la clôture du 137 et courus jusqu'au seuil de la grange en feu. Je trouvai là une vieille femme, vêtue d'une robe toute simple, les cheveux gris moulés dans un chignon strict, qui s'acharnait à tirer une vache par la longe. Ses faibles forces n'étaient pas suffisantes pour venir à bout des réticences de la bête paniquée, et je dus lui prêter main-forte. Ce petit brin de grand-mère fine et nerveuse, comme seules peuvent l'être ces Irlandaises de souche habituées aux pires corvées, me dévisagea avec des yeux agrandis par la terreur et débita d'une voix hagarde :

— C'est ma grange, monsieur ! Tout va brûler ! Tout !

Elle se tourna vers sa maison sur laquelle pleuvaient les escarbilles et son visage exprimait un chagrin, un désespoir qui me bouleversa. Elle serait retournée à l'intérieur pour sauver quelques objets personnels, cette bonne blanchisseuse, si je ne l'avais soulevée dans mes bras pour la transporter de force à l'écart.

— Madame O'Leary, je suis de l'Agence Pinkerton. C'est votre fils Jimmy qui m'envoie. Je vous en prie, ne vous approchez plus. Sauvez-vous.

Des voisins arrivèrent à la rescousse et, tout en la consolant, l'obligèrent à les suivre. C'est alors que j'aperçus la silhouette familière du coin de l'œil, si bien blottie dans l'ombre de la cour que je n'y avais pas prêté attention. Angus Dulles avait beau avoir troqué son cache-poussière contre des habits d'ouvrier, je n'eus aucune peine à le reconnaître sous son déguisement. Comme la plupart des incendiaires, il était incapable de s'arracher à la fascination morbide que le spectacle du feu exerçait sur lui. Un sourire éclairait sa vilaine face, qui s'effaça sitôt qu'il me vit. Il saisit une carte à jouer dans sa poche, un valet de pique et le lança avec mépris dans ma direction. Puis il disparut dans une allée, sans trop de hâte, tel un crotale qui passe innocemment son chemin après avoir planté ses crochets dans sa victime. J'allais m'élancer sur ses talons quand Elly me passa devant, son Remington au poing. Peut-être l'avait-elle repéré avant moi, je ne sais. Avant que j'aie pu l'en empêcher, elle disparut à son tour dans le passage. Dulles l'entendit-il courir dans son sillage ? Un coup de feu claqua. Je crus que mon cœur m'était soudain arraché de la poitrine.

— Elly !

Je me précipitai à mon tour. Elly gisait sur un tas de fumier, étendue sur le dos, la tête renversée en arrière comme si elle contemplait les étoiles au travers des fumées. Je m'agenouillai précipitamment auprès d'elle et soulevai sa nuque. Du sang coulait sur son corsage.

— Oh, Elly ! me lamentai-je. Qu'est-ce que tu as fait ?

— En plus, c'est ma faute ? hoqueta-t-elle. Ne t'occupe pas de moi. Cours après lui. Je ne vais pas mourir. Pas sur un tas de bouse. Pas question.

Weyland arriva sur ces entrefaites et examina la blessure.

— La balle a traversé l'épaule et elle est ressortie, constata l'ancien éclaireur. Une veine que tu sois maigrichonne, petite, mais faut te sortir de là.

— J'ai toujours eu de la chance, se félicita Elly, amère. Mais sacré nom, Neil, fais ce que je dis pour une fois : rattrape ce salopard !

La mort dans l'âme, je les abandonnai tous deux pour courir après l'incendiaire. Non sans éprouver une impression de déjà-vu. Tant à Trader Camp qu'à San Francisco, j'avais souvent tenté de mettre la main sur cette fripouille, en vain... Cette fois pourtant, j'étais décidé à ne pas lui laisser remporter la partie. Je me mis à courir de toute la vitesse dont j'étais capable, levant bien haut les genoux et les coudes, enjambant les obstacles, poutres, poubelles, cochons et volatiles divers qui se dressaient sur ma route avec l'aisance d'un pur-sang indien ! Et je finis par le découvrir qui traversait tranquillement les potagers, songeant sans doute que nul n'avait osé le poursuivre après son forfait...

Aussi poussa-t-il un cri d'orfraie quand je lui tombai brutalement sur le paletot. Nous roulâmes dans des plates-bandes à proximité d'un abreuvoir. Mieux bâti que moi, et surtout doué de cette force spectaculaire, Dulles parvint à prendre le dessus et se retrouva à cheval sur ma poitrine. Je ne pus empêcher ses mains de se refermer autour de mon cou... J'avais encore mon Derringer au poing. Je levai le canon et pressai la détente. La balle ne fit hélas que lui frôler l'oreille, laquelle s'étiola en poussière. La stupeur se lut sur le visage de mon agresseur, puis une colère froide s'empara de lui et il m'arracha violemment l'arme des mains pour la jeter au loin. Je parvins pourtant à lui décocher un violent direct à la mâchoire qui le fit partir à la renverse, puis un autre qui me donna à nouveau le dessus. Pourtant, j'avais beau marteler sa figure de coups répétés, il paraissait à peine ébranlé et continuait de me narguer avec son sourire idiot.

Jugeant sûrement qu'il en avait assez encaissé, il daigna enfin riposter. Des flammèches jaillirent de ses poings et ce fut à son tour de m'expédier ses droites. J'encaissais comme je pouvais avec ma garde vacillante mais je me retrouvai bientôt acculé à l'abreuvoir. Aveuglé par sa haine, Dulles voulut alors me saisir à la gorge. J'eus la présence d'esprit de m'effacer juste à temps et d'un coup de coude dans les côtes, je le fis basculer dans la citerne. Je me rappelai notre premier affrontement, derrière la boutique du photographe... Ce fut mon tour de lui plonger la tête sous l'eau, et je l'y maintins de toutes mes forces en dépit de ses violents sursauts. Cela dura une éternité, durant laquelle je songeais : « Est-ce que cela va marcher ? » Cette saleté de non-vivant supportait-elle l'asphyxie ? Et puis Dulles cessa de bouger. L'eau avait éteint toute flamme en lui. Quand je l'extirpai enfin du réservoir, il retomba sur le dos avec un bruit flasque. De l'eau s'écoula de sa bouche béante. Ses yeux grands ouverts exprimaient l'étonnement et le désarroi par-delà la mort. La vraie.

Je lui arrachai sa montre et la broyai sous mon talon.

Je réalisai soudain que j'étais cerné par le feu.

Il s'était répandu dans tout le quartier à la vitesse d'un cheval au galop. Je ramassai mon Derringer et partis en quête de mes compagnons. Je les retrouvai à l'entrée de De Koven Street, que les habitants fuyaient dans la plus grande confusion. Weyland portait Elly inconsciente en travers de ses épaules. Il lui avait confectionné un bandage de fortune avec un morceau de sa robe.

— J'ai arrêté l'hémorragie et cautérisé à la façon du Dr Colt, m'informa mon ami.

— En quoi consiste cette façon ? redoutai-je.

— Tu décapsules une balle, tu verses la poudre dans la plaie, et tu allumes. Ça fait un feu d'artifice, mais après, plus aucun risque d'infection.

— Pas étonnant qu'elle ait perdu connaissance, pestai-je en le soulageant de son fardeau. Permettez, je m'en charge. Cette fille est tout pour moi.

— Parce que tu ne connais qu'elle, pèlerin. Ça te passera. Et Dulles ?

— Il a gratté sa dernière allumette, assurai-je.

— Il faut filer, conseilla Weyland. Ça crame de partout.

Il avait raison. Plus question de traîner, sauf à courir le risque de se retrouver pris au piège du brasier qu'excitaient à présent de violentes rafales. En l'espace de quelques minutes, l'incendie avait enseveli les masures du Patch. Tel un dragon rampant, il allait de maison en maison, de boutique en boutique avec un appétit insatiable, ne laissant rien d'intact après son passage. L'alarme générale avait été donnée dans toute la ville. Les églises donnaient du tocsin, et les chariots de pompiers déboulaient à l'angle des rues, certains chargés de citernes d'eau, d'autres équipés de pompes prêtes à être branchées aux collecteurs. La population tout entière fuyait, rue après rue, cour après cour, et venait grossir un flot inimaginable d'êtres humains à la dérive. Comme les autres, nous dûmes nous couler dans ce fleuve de cris et de sanglots. Mères serrant des bébés, vieillards se soutenant mutuellement, hommes portant de jeunes enfants.

Elly ne reprenait toujours pas connaissance. Ce n'était pas plus mal. Au moins ce terrible spectacle lui était-il épargné.

Soudain, un mouvement de foule en sens inverse se produisit. Chassés par un nouveau foyer d'incendie, d'autres fuyards arrivaient de l'est et provoquaient une indescriptible bousculade. Il y eut des cris, des piétinements. Emporté par ce tourbillon contraire, Calder

Weyland se retrouva subitement à plusieurs mètres de nous. Je lui tendis la main. Je l'appelai. En vain. Il m'adressa alors un signe étrange, comme s'il se résignait à quelque sort connu de lui seul. Un signe qui signifiait que je devrais désormais affronter sans lui ce qui allait arriver...

Et il disparut de ma vue.

Je m'extirpai de ces remous en jouant des épaules, Elly bien carrée contre ma poitrine. Un temps, je trouvai refuge sous un porche, d'où j'observai avec circonspection la marée humaine qui s'orientait vers les quartiers nord. L'idée confuse s'était formée dans l'esprit de ces malheureux que la rivière qui coupait la ville en deux stopperait la fournaise. Mais là-bas, les ponts déjà saturés promettaient de se transformer rapidement en impasses mortelles. Pas question de m'y laisser prendre. Je traversai la cohue pour m'enfoncer dans un lacis de ruelles moins fréquentées, vers le sud. Vers le lac.

Tel était mon plan. Gagner la rive du lac. C'était l'endroit de Chicago que je connaissais le mieux pour y avoir souvent traîné mon ennui.

Tout se passa comme dans un rêve. Des pans entiers de toiture qui s'effondraient sur mon passage, des voitures en flammes entraînées par des chevaux épouvantés, des troupeaux de bœufs qui erraient en beuglant d'effroi... Je songeai au siège de l'Agence, aux détectives, à Allan Pinkerton lui-même. Avaient-ils pris la mesure du danger ? Avaient-ils réussi à fuir ? Selon mes estimations, le brasier se déplaçait droit vers le quartier des Manufactures. Et le 27e district.

Les abords du lac m'apparurent enfin. Des centaines de réfugiés s'y agglutinaient déjà. Certains avaient trouvé des barques et s'éloignaient de la rive menacée.

D'autres se jetaient à l'eau, au risque de périr noyés... Je stoppai ma course. Inutile. Avec Elly blessée, je n'avais aucune chance de ce côté. Un véritable mur de feu était sur mes talons, qui s'élevait si haut dans le ciel qu'il semblait menacer les premiers nuages... Ces nuages de pluie que la population attendait depuis si longtemps. J'étais à bout. Incapable de courir. Incapable de réfléchir. Que faire ?

Les lampions de la fête foraine attirèrent alors mon attention aussi clairement qu'un phare dans la nuit. Étrange signal que ces illuminations dérisoires... Une idée insensée me traversa soudain. Abandonnant les grappes humaines qui progressaient vers le lac, je fonçai droit sur le parc d'attractions totalement déserté. Je grimpai à bord du manège des Merveilles. Effet de mon imagination, j'aurais pu lire la crainte au fond des yeux des chevaux de bois, où se reflétait l'avancée de la fournaise... Chargeant Elly sur mon épaule je me faufilai parmi les animaux figés en direction de l'axe et de la porte secrète. Je tirai la dernière balle de mon Derringer dans les miroirs qui volèrent en éclats, révélant une petite machinerie. J'enjambai les rouages alors que le feu commençait à gagner la plate-forme...

Je découvris sans peine la trappe dont l'existence m'avait été révélée par Pinkerton en personne. Je fis sauter le scellé de police et sentis le premier échelon d'un escalier de fer sous mes semelles. Je descendis dans le puits aussi vite que mon fardeau me le permettait. Au bas des marches, Elly émergea de sa torpeur douloureuse et ouvrit les yeux.

— Où on est ?

— Encore sous terre.

— C'est une maladie chez toi.

Là-haut, l'incendie ravageait le manège des Merveilles. Nous pouvions entendre son grondement effrayant et sentir sa chaleur jusqu'ici... Elly s'accrocha à mon cou de toutes ses forces tandis que je l'entraînai par un collecteur creusé dans la pierre. Avait-il été foré dans les premiers temps de l'édification de la cité, ce drain étayé par des poutres, à l'époque de l'assèchement des marais ? Je l'ignore encore. Ce qui est certain, c'est qu'il nous sauva la vie. À un moment, le silence se fit. Plus un bruit, plus un cri. Je finis par m'arrêter et déposer mon équipière contre la paroi humide. Je pris la peine de nettoyer son visage noirci avec de l'eau suintante, et plaçai mon veston plié derrière sa nuque pour améliorer son confort.

— Tu es couvert de suie, nota-t-elle.

— Tu ne t'es pas regardée.

— Où sont les autres ? Les siamois irlandais ? Et Weyland ?

— Je ne sais pas. J'ai perdu les Pinkerton. Et Weyland. Ce qui se passe là-haut, c'est effroyable. Personne n'a jamais rien imaginé de semblable. C'est proprement la fin du monde.

Je grattai une allumette que je brandis au-dessus de ma tête.

— On manque de feu, tu crois ?

Elly conservait son curieux sens de l'humour dans les occasions les plus dramatiques. Je découvris une lampe à huile au réservoir plein, preuve s'il en était que l'endroit avait été récemment utilisé. Sa maigre lueur nous redonna un peu espoir.

— On va s'en sortir ? demanda Elly.

— Évidemment, la réconfortai-je. Je ne t'aurais pas portée jusqu'ici pour des prunes.

— Un vrai prince charmant.

— Ne bouge pas d'ici, je vais jeter un œil.

— Quel âne. Où voudrais-tu que j'aille ?

J'eus à surmonter mon dégoût bien réel pour les souterrains afin d'explorer ce boyau de pierres suintantes en m'éclairant avec mes dernières allumettes. Je découvris une sorte de jetée qui donnait sur une mare naturelle, communiquant probablement avec le lac à en juger par les troncs d'arbres qui flottaient à sa surface, résidus de scieries voisines. Je soupesai la possibilité de nous échapper par là, le cas échéant, quand je fus saisi d'une curieuse prémonition. Je pivotai lentement... Son ombre efflanquée le dénonça sur la paroi avant que je ne sente le froid du canon de son colt contre ma tempe.

— Tu as perdu, Neil, murmura Cecil Wardrop à mon oreille. Demain, Chicago, la capitale des Pinkerton, ne sera plus qu'un tas de cendres, et ton directeur, l'homme par qui la catastrophe est arrivée.

Dire que je n'avais même pas songé à recharger mon Derringer. J'entendis le déclic du chien de son revolver dans le noir. Il allait tirer, sans rémission. Curieusement, je ne songeai pas à moi, mais à Elly. Comment l'attirer loin d'elle, ce père détestable, ce monstre sans pitié ?

— Maman ne vous pardonnerait pas, émis-je d'une voix blanche. Pas plus que si vous touchiez à un cheveu de mon frère Hannibal. Elle me l'a dit.

J'eus l'impression que son doigt tremblait sur la gâchette. À croire qu'une partie de son cerveau l'empêchait de mettre son projet à exécution. Je devais à tout prix poursuivre sur le même ton.

— Que vous le vouliez ou non, nous sommes du même sang. Même si maman a préféré me donner son nom de jeune fille.

Je sentis son hésitation, alors même que je ne pouvais que vaguement distinguer ses traits dans cette demi-pénombre. Restait-il un fond de scrupules au fond de cette âme corrompue ?

— J'ai fait connaissance avec Monty. Un drôle de lascar. Paraît que je l'appelais « Oncle Joe » autrefois ? Pourquoi « Oncle Joe » ?

Je parlais avec l'impression que chaque mot prononcé était un dernier fil qui me rattachait à cette vie. Son souffle se fit plus court.

— Parce que ta mère te racontait un conte appelé Joe l'Indien, et que tu trouvais que Monty ressemblait au dessin sur la couverture. Voilà pourquoi.

— Vous avez récupéré votre ancienne montre, pas vrai ? Celle qui ne marque qu'une heure et une seule ?

— Tu ne sais pas ce que cela représente, glissa-t-il d'une voix sourde. Tu n'en connais pas le secret sinon tu n'en parlerais pas si légèrement.

— Je sais seulement le bruit qu'elles font quand on les écrase. Un bruit de ferraille rouillée. Un bruit de malédiction qui s'achève. Vous pouvez encore y échapper. Votre triomphe de cette nuit sera sans lendemain. La Brigade Pâle ne peut pas vaincre.

— Au contraire. Rejoins-nous, Neil. Sois des nôtres. Tu as des dons, toi aussi. C'est de famille, et tu n'y peux rien. Notre père maîtrisait déjà le pouvoir du Puha. Il nous l'a transmis à mon frère et moi. Et toi, tu l'as reçu également en héritage. Tu ne comprends pas ? L'avenir est au nouveau Sud. Nous sommes plus forts encore qu'avant la guerre, et nous sommes partout. Jusque dans l'entourage du Président Grant, à Washington... Nous ne perdrons pas une seconde fois. Ta réponse, Neil ? Renie Pinkerton, et je te laisserai la vie !

La pression du métal froid sur ma tempe se fit plus précise et je compris qu'il avait trouvé une issue à son dilemme. Dans un sens qui ne m'était pas favorable. Il désirait que je me condamne moi-même, comme pour s'absoudre par avance du geste irréparable qu'il s'apprêtait à commettre. Et soudain, une détonation claqua... Celle bien sèche et nette d'un Remington Pocket. Stupéfait, Wardrop poussa un beuglement en tournoyant sur lui-même. Il chercha des yeux l'adversaire qui l'avait surpris dans la pénombre et tira au hasard. Un second coup de feu partit. Cette fois, Cecil Wardrop tomba à genoux. Je fermai les yeux. Je refusai de le dévisager. Quand je les rouvris, il n'était plus qu'un tas de cendres sous ses vêtements vides et froissés. J'aperçus Elly chancelante contre le mur, qui tenait encore à la main son arme fumante. Je la pris dans mes bras et l'amenai doucement au sol.

— Elly, bon sang ! Tu es à moitié morte !

— Tu n'en serais jamais venu à bout. Même si tu avais tenu une arme, et tu le sais. C'était ton père après tout.

Je la serrai contre moi, l'étouffant presque sous mon étreinte.

22. PLUIE DE CENDRES

L'incendie ne faiblit qu'au troisième jour, après avoir causé des ravages qu'aucune autre ville moderne n'avait jamais connus[1]. La pluie vint enfin. Une pluie chargée de cendres et de chagrin. La plus grande partie de Chicago n'était plus que ruines. Les grands magasins, les hôtels de luxe, les banques, la mairie elle-même avaient disparu dans les flammes. Des quartiers entiers avaient été rayés de la carte et il ne restait qu'un squelette de la cité prospère du lac Michigan. Les survivants trouvèrent refuge dans un camp de fortune dressé par l'armée arrivée en renfort. Elly et moi passâmes plusieurs jours côte à côte sous l'une des tentes blanches installées sur les rives du lac en amont de Chicago. Je la soignai avec les moyens du bord. Grâce à la médecine du colt administrée par Weyland, elle avait échappé au pire, à savoir l'infection de sa blessure. Nous reçûmes assez vite la visite d'un brave docteur militaire, rompu aux urgences des champs de bataille, qui changea ses pansements de fortune et lui

1. La tragédie aurait fait 200 000 victimes et le double de réfugiés.

administra des doses de quinine pour faire tomber sa fièvre. Et mon équipière, grâce à sa force de caractère, s'éloigna peu à peu du chemin des ombres.

L'aide arriva rapidement de tout le pays, dans un élan de solidarité proprement stupéfiant qui faisait honneur à notre nation encore balbutiante. La Brigade Pâle avait-elle voulu générer un chaos ? Elle n'avait fait que semer les germes de notre future grandeur, qui prend sa source dans les malheurs suprêmes, quand les différences de rang social et de couleur de peau s'abolissent, quand les hommes ne forment qu'un seul et même peuple. En peu de temps, les ravitaillements en eau et en nourriture s'organisèrent et en ma qualité d'agent Pinkerton, je fus de ceux qui veillèrent au bon déroulement des distributions. Je passai aussi mon temps à porter assistance à nos voisins d'infortune, à ces familles en détresse, hagardes, les vêtements brûlés, qui avaient tout perdu. Je n'avais rien à leur offrir que des paroles de réconfort, des promesses d'avenir meilleur. Du moins en avais-je à revendre. Et puis je patrouillais, prompt à intimider avec mon insigne les chapardeurs qui tentaient de profiter des circonstances. Les vautours pointent toujours leur vilain bec dans ces situations...

Un matin, Elly sortit de notre tente, le bras en écharpe et partit faire un brin de toilette dans le lac, comme beaucoup d'autres démunis. Je me pris à la contempler de loin, qui se baignait en jupons dans un rayon de soleil. Ce matin-là, je m'en souviens, le vent avait tourné. La pluie avait cessé. L'air empestait moins l'odeur de brûlé. Elly prenait grand soin de ne pas mouiller ses bandages, aussi sortait-elle et entrait-elle dans l'eau à intervalles réguliers tout en se frictionnant la nuque et les épaules avec un savon, ses cheveux relevés au-dessus de sa tête. Savait-elle à quel point elle était belle ainsi, avec ses mouvements tout à la fois hésitants et attentionnés ? Je la contemplai comme un astre émergeant de l'onde, proche et inaccessible en même temps. Son regard croisa le mien. Elle s'interrompit, comme embarrassée d'être l'objet d'une attention aussi précise. Alors, en parfait gentleman, je tournai la tête en cassant une brindille entre mes doigts.

Quand elle sortit de l'eau en se séchant avec un drap de récupération, je lui lançai :

— Je vais en ville, Elly. Je dois savoir si l'Agence est encore debout. Et si Weyland a survécu.

— Je viens avec toi.

— Non, pas dans ton état. Il est trop tôt. La blessure pourrait se rouvrir.

Elle lâcha un soupir résigné.

— Ne tarde pas. Rentre vite.

Je fus troublé qu'elle dévoile un semblant d'affection à mon égard, ou à tout le moins, l'angoisse dans laquelle mon absence allait la plonger.

— Pour rien au monde je ne raterais notre dîner de fayots, chérie. Ensuite, j'irai dire bonsoir aux enfants.

Elly partit d'un éclat de rire et secoua la tête d'un air de dire : « Comment peut-on proférer des choses aussi idiotes en pareilles circonstances ? »

Nous avions beau loger sous le même toit de toile depuis des jours, en toute décence, faut-il le préciser, c'est à peine si nous avions échangé quelques mots. Un silence empesé s'était établi entre nous, dicté par une forme de pudeur, ou de deuil, je ne sais au juste. L'état de mon amie s'améliorait chaque jour. Je savais que le moment viendrait où elle se sentirait capable de reprendre le train pour San Francisco, où l'attendait la vie dont elle avait toujours rêvé. Après tout, rien ne la retenait à Chicago.

Le sort de Calder Weyland n'avait cessé de me tourmenter. Qu'était-il advenu de lui ? Avait-il péri dans les fumées ou les bousculades ? Et l'Agence Pinkerton avait-elle survécu ? D'après les témoignages que j'avais entendus çà et là, le quartier des Manufactures, avec ses fabriques de tissus et de meubles, ses bureaux et ses petits immeubles d'habitation, avait flambé. Je voulus en avoir le cœur net. Comme moi, des centaines de personnes formaient une queue pour tenter de rentrer chez elles afin de mesurer les dégâts, retrouver des personnes disparues ou récupérer des objets personnels dans les décombres. Cependant, l'armée avait dressé des barrages pour filtrer ces désespérés, car les rues touchées n'étaient pas sûres. Nombre d'immeubles risquaient encore de s'ébouler. Mon insigne de Pinkerton me donna droit de passage.

Je fus frappé par le silence inimaginable qui régnait sur le spectacle de désolation qu'offrait la cité. Des morgues de fortune avaient été aménagées à l'intérieur des rares bâtiments encore intacts. Des braseros étaient allumés au coin des rues. Des personnes accablées erraient, déboussolées, cherchant leurs anciennes rues. Mais en certains endroits, il n'existait plus la moindre rue, seulement des terrains vagues surchargés de décombres fumants ! Je m'aventurai dans le quartier des Manufactures, dont il ne restait presque rien. Presque rien, à l'exception de l'immeuble de l'Agence, avec ses fenêtres brisées, ses murs noircis de suie, qui tenait encore debout telle une sentinelle vacillante. À l'entrée, des ouvriers déblayaient les débris calcinés à l'aide de pelles et de pioches, sous la surveillance sourcilleuse d'un personnage en habit et chapeau melon.

Je fus à peine surpris de reconnaître Allan Pinkerton en personne.

Une main passée dans l'échancrure de son veston, figure songeuse parmi les fumerolles, il ressemblait plus que jamais à Napoléon contemplant le champ de bataille. Il pressentit sans aucun doute mon arrivée car il s'écria sans se retourner, sur le ton d'une pythie délivrant ses présages :

— Nous reconstruirons. En plus grand. En plus solide. Non plus en bois, mais en pierre et en métal. Oui, Chicago deviendra une cité cuirassée où de telles horreurs ne pourront plus se reproduire, un château fort indestructible, comme ceux d'Écosse. Et nous, ses protecteurs, nous y veillerons.

Il consentit à me toiser des pieds à la tête, avant d'ajouter :

— La ville est comme vous : en loques, mais debout. Vous avez une sale mine.

— J'ai trouvé refuge avec ma partenaire dans le campement de l'armée. Quels sont les dommages ?

— Aucune perte à déplorer, seulement quelques archives brûlées, mais les plus importantes se trouvent dans des coffres de banque à l'abri loin d'ici. Notamment les dossiers compromettants... Je ferai payer cher l'incurie du maire et de ses adjoints. Ils ne passeront pas l'hiver à l'hôtel de ville... pour ce qu'il en reste.

— À présent, plus personne ne pourra ignorer les agissements de la Brigade Pâle. Le pouvoir devra ouvrir les yeux sur ses agissements.

— Il n'est pas question que le public en prenne connaissance, Galore, me désavoua le directeur. Le *Chicago Tribune* a déjà publié en une les raisons de l'incendie, et ça tient en deux mots : « stupide accident ». La vache de cette bonne Mme O'Leary a malencontreusement renversé une lampe sur un tas de foin, et c'est ainsi que l'incendie s'est déclenché.

— C'est un mensonge éhonté ! Je le sais, et vous le savez !

— Peut-être, mais quel intérêt d'ajouter l'anxiété à la détresse ? La lutte que l'Agence mène contre la Brigade Pâle est une guerre secrète, et elle doit le rester. C'est notre plus sûr moyen de la remporter.

— Cecil Wardrop est mort, indiquai-je.

— Bon débarras. Vous êtes affecté ? Je veux dire, considérant vos liens de sang ?

— Il n'est pas mon père, il ne l'a jamais été. Je ne lui reconnais pas ce droit. Qu'avez-vous fait de son frère, Montgomery ?

Allan Pinkerton tirailla sa barbe dans un geste de dépit.

— Il a profité de la confusion pour détacher ses menottes et filer en douce. Il ne supportait pas l'idée de périr brûlé vif. Dommage. C'est un sort auquel je l'aurais voué très volontiers. Mais au fond, il n'était qu'un comparse, un chef de bande. Les cerveaux, les financiers sont ailleurs, probablement du côté de Washington. Ce sont eux qui tirent les ficelles dans l'ombre, mais nous les découvrirons un jour. Cela ne fait aucun doute. L'Agence n'échoue jamais.

— J'ignore ce qu'est devenu Calder Weyland. Nous avons été séparés dans la panique.

— Calder ? grommela Pinkerton. Ne vous en faites pas trop pour lui. On ne sait jamais vraiment où il se trouve en définitive. Était-il seulement à Chicago cette nuit-là ? Où était-ce son double tandis que sa véritable personne discutait le bout de gras chez les Indiens Païutes ? Comment savoir ? Lui-même ne doit plus être trop sûr de l'endroit précis où il intervient. C'est l'ennui avec le Puha. Il affecte le cerveau. Mais puisque vous êtes ici... Tenez, c'est pour vous. Je m'étais promis de vous le remettre si par aventure vous étiez encore de ce monde.

Interloqué, je me saisis du télégramme qu'il me tendait. Il émanait d'un certain lieutenant Branston, de la Compagnie de la baie d'Hudson, depuis le Fort de Nulle Part... J'eus quelque peine à me souvenir de qui il s'agissait avant que je ne découvre la teneur de son message :

« Urgent. Nouvelles disparitions. Sollicitons concours. Dès que possible. Branston. »

— Les Hudson nous apportent leur aide dans certaines affaires, souligna Pinkerton. Ce serait malvenu de ne pas leur rendre la pareille. Aussi, dès que vous serez en état, votre partenaire et vous, vous retournerez en Colombie-Britannique. Après tout, vous connaissez déjà les lieux, ce qui vous donne un avantage. Un de nos agents est mort là-bas, je ne l'oublie pas, et il n'est pas question de laisser ce crime impuni. Quel qu'en soit l'auteur.

Sans même attendre une réaction de ma part, le directeur adressa un signe en direction d'une voiture fermée qui patientait à quelques pas de là. Au moment de grimper à bord, une semelle sur le marchepied, il se retourna vers moi.

— Prenez cela comme un renouvellement de votre contrat temporaire, agent Galore. Et n'oubliez pas une chose : la Branche Spéciale ne déçoit jamais. La Branche Spéciale n'échoue jamais. C'est normal. Elle n'existe pas.

Sur ces paroles, Allan Pinkerton claqua la portière et le fiacre disparut parmi les derniers panaches de fumée.

TABLE

CET OUVRAGE
A ÉTÉ ACHEVÉ D'IMPRIMER
SUR CAMERON
PAR L'IMPRIMERIE NIIAG
À BERGAME (ITALIE)
EN AVRIL 2012

Dépôt légal : mai 2012
N° d'édition : L.01EJEN000778.N001
Loi n° 49-956 du 16 juillet 1949
sur les publications destinées à la jeunesse